山东省委宣传部
中华优秀传统文化传承发展工程重点项目

山东民间器乐研究论文集

杨秀玉 / 主　编

孙志鸿　兰绍彤 / 副主编

山东文艺出版社

图书在版编目（CIP）数据

山东民间器乐研究论文集 / 杨秀玉主编 . -- 济南：
山东文艺出版社 , 2021.3
ISBN 978-7-5329-6348-5

Ⅰ . ①山… Ⅱ . ①杨… Ⅲ . ①民族器乐—山东—文
集Ⅳ . ① J632.752-53

中国版本图书馆 CIP 数据核字 (2021) 第 046872 号

山东民间器乐研究论文集

杨秀玉　主编

主管单位　山东出版传媒股份有限公司
出版发行　山东文艺出版社
社　　址　山东省济南市英雄山路 189 号
邮　　编　250002
网　　址　www.sdwypress.com

读者服务　0531-82098776（总编室）
　　　　　　　0531-82098775（市场营销部）
电子邮箱　sdwy@sdpress.com.cn

印　　刷　山东临沂新华印刷物流集团有限责任公司
开　　本　710 毫米 ×1000 毫米　1/16
印　　张　12.25
字　　数　160 千
版　　次　2021 年 3 月第 1 版
印　　次　2021 年 3 月第 1 次印刷
书　　号　ISBN 978-7-5329-6348-5
定　　价　79.00 元

编写说明

中华民族有着悠久的历史和灿烂的文化，目前正处于实现伟大复兴目标的关键时期，时不我待。民族复兴的标志不仅包括高度富足的物质文明，还体现在文化的高度繁荣上。中华文化的全面复兴，需要我们在文化自觉的基础上，坚持文化自信，通过文化话语体系的重构，完成文化上的中国叙事，讲述中国故事，从而使中华文化从围观者、倾听者、被动参与者，转变为主动的讲述者和参与者。正是针对这一现实，山东省委宣传部审时度势，具有前瞻性地推行 2018 年"中华优秀传统文化传承发展工程"，将"山东民间器乐挖掘整理与传承创新工程"作为重点项目予以资助和支持。

"山东民间器乐挖掘整理与传承创新工程"的代表性成果由该项目负责人山东艺术学院杨秀玉教授担任主编，副主编和著者如下（排名不分先后）：

山东艺术学院孙志鸿教授；

山东艺术学院兰绍彤副教授；

山东艺术学院王东涛副教授；

山东艺术研究院郭学东研究员；

枣庄学院李永教授；

枣庄学院周婷婷老师；

济宁学院刘先进老师；

山东艺术学院音乐学院音乐学专业学生孙建东、王玲玉、种雪、齐靖妤、唐承文等。

2018 年该项目阶段性成果如下：

一、《山东鼓吹乐曲谱集》（主编：杨秀玉，副主编：孙志鸿、兰绍彤、郭学东）；

二、《菏泽弦索乐曲谱集》（主编：杨秀玉，副主编：孙志鸿、兰绍彤、郭学东）；

三、《传承与发展——当代山东民间器乐创作研究》（兰绍彤著）；

四、《菏泽弦索乐艺术研究》（王东涛、孙建东著）；

五、《山东鼓吹乐艺术研究》（李永、周婷婷、刘先进著）；

六、《山东民间器乐研究论文集》（主编：杨秀玉，副主编：孙志鸿、兰绍彤）。

相信这项"山东民间器乐挖掘整理与传承创新工程"，定会为山东的文化事业增光添彩。

前　言

　　山东艺术学院在多年的教学实践中，一直注重对山东民间音乐的挖掘与研究，在理论与实践方面硕果累累。近年来，音乐学院师生以山东民间音乐为元素创作了大量的音乐作品，构筑了理论教学、舞台实践与艺术创作多位一体的高等艺术教学模式，成立了山东艺术学院"泉韵女子弹拨乐团"，2017年这一教学成果获得山东省人民政府"文化创新奖"。

　　本论文集也正是这一优秀传统的传承，将近几年音乐学院师生及校外学者在山东民间器乐传承与创新发展研究方面的论文汇编成书，是山东民间器乐诸研究领域最新成果的集中展示。本论文集的论文主要从音乐形态学、音乐民族学、音乐传播学等方面，对山东民间器乐的历史、音乐本体、社会功能、创新性发展、传承与保护等进行了研究。具体来说，本书收录的论文包括：山东民间器乐本体研究论文四篇，山东民间器乐社会学研究论文四篇，山东民间器乐传承与创新研究论文三篇。虽然这些成果中有的稍显稚嫩，但是，我们应当鼓励这份执着，支持他们继续为山东民间器乐的研究与发展做出贡献。

　　我们会再接再厉，不忘初心，为山东民间器乐研究奉献力量。

杨秀玉

于泉城济南

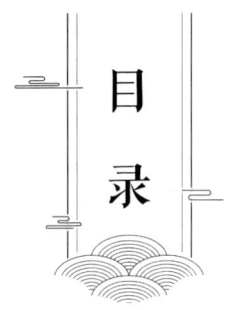

目录

以文化自觉为基础，以文化自信为内驱力，推动山东民间器乐的传承与发展

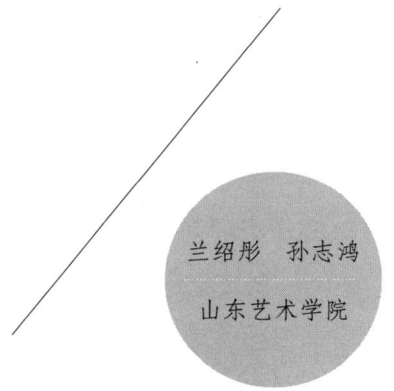

兰绍彤　孙志鸿

山东艺术学院

兰绍彤，男，山东艺术学院副教授

孙志鸿，男，山东艺术学院教授

摘　要

本文论证了山东民间器乐的继承与发展，是山东文化在新时代发展的重要内容，也是复兴中华传统文化的一部分。对山东民间器乐进行传承与发展，必须建立在文艺工作者的文化自觉和文化自信基础之上。

关键词

山东民间器乐；文化自觉；文化自信；传承与发展

　　山东是中华文明的发祥地之一，儒家文化对中华文明乃至世界文明产生了持久的影响。齐鲁文脉延绵千年，繁盛至今，在这片土地上，除了巍峨的泰山，绵延的黄河，蔚蓝的大海，肥沃的田野，还有庄严的孔庙、孔府，以及种类繁多、鲜活的民间艺术，尤其是生长在乡间、里巷的民间音乐，那些飘荡在历史长河中的凄厉的唢呐，低回的笛曲，低吟浅唱的小调以及声嘶力竭的哭腔，等等。

一、山东民间器乐概述

　　在山东民间音乐中，民间器乐是影响最大、最能代表山东传统文化内涵的民间音乐种类。齐鲁儿女很早就掌握了多种乐器的制造技术，并通过不同材质和形状的乐器来传递心声，补"歌之不足"。如《史记·苏秦列传》记载："临淄甚富而实，其民无不吹竽鼓瑟，弹琴击筑。"可见早在战国时期，位居山东东部的齐国在经济和音乐文化方面就具有了相当的成就。目前，较有代表性的山东民间器乐有粗犷豪放的鲁西南鼓吹乐，秀丽典雅的菏泽弦索乐，幽峻高远的诸城派古琴，质朴雄浑的博山锣鼓、青州锣鼓，以及古朴庄重的曲阜祭孔乐舞。除此之外，尚有山东地区的道教和佛教中留存的器乐音乐，其风格既有民间韵味，又别具特色。可以说，山东的民间器乐不但种类繁多，而且风格多样、雅俗兼具。它们见证了生活在这片土地上的人民的苦和泪、爱与痛，同时也参与了文化的塑造和融汇，一步步丰富和完善了齐鲁文化的内涵。

然而，由于社会形态的变化，山东民间器乐同其他民间艺术种类一样面临着因文化生态环境的变化而带来的生存困境。尽管国家曾组织了几次大规模的搜集整理工作，尽管国家重视对非物质文化遗产的保护，并出台了一系列的保障措施，尽管有众多学者对这些民间音乐进行研究……但是，作为当下的民间艺人，他们对自己所从事的"行业"的前景感到迷茫。民间器乐的传承与发展始终还有一些工作没有规划好、落实好，有些传承后继无人，有的民间器乐乐种虽然较有特色，但是传播的范围有限。

二、文化自觉与文化自信对山东民间器乐的推动力

笔者认为，在新时代的文化建设和发展中，对待山东民间器乐的传承与发展，首先应具有文化自觉和文化自信，弄清楚中西文化的关系、中华文化的特性，进而树立自己对母语文化的自觉和自信，并主动参与文化的复兴和发展。

首先是文化自觉。文化自觉是中国当代著名学者费孝通先生提出的世纪命题。费老在1997年发表的《反思·对话·文化自觉》一文中，生动地阐释了这一概念。他说："文化自觉是指生活在一定文化中的人对其文化有自知之明，明白它的来历、形成过程、所具有的特色和它发展的趋向，不带有任何'文化回归'的意思，不是要'复旧'，同时也不主张'全盘西化'或'全盘他化'。自知之明是为了加强对文化转型的自主能力，取得决定适应新环

境、新时代时文化选择的自主地位。"①

　　文化自觉是费老对自己六十载学术思路进行"反思"的结果，它体现了对中国文化怀有深厚情感的一代学术巨匠对中国文化脉络的深切洞悉。所谓"一定文化中的人"，是指在稳定的母语文化中成长起来的知性群体。"对其文化有自知之明"，是指要熟稔母语文化：既要了解母语文化的历史，也要明了母语文化的未来发展趋向；既能明确母语文化的优势，也要意识到母语文化的缺失；既要感受到自己与母语文化的鱼水关系，也要跳出母语文化圈，以平等对话和交流的态势，对待西方文化和他文化形态；既要厘清西方文化和他文化中的哪些因素是母语文化所不曾具有的，也要清醒地意识到他文化中，哪些是我们要坚决屏弃的。

　　其次是文化自信。十八大以来，习近平总书记在持续强调要坚定中国特色社会主义的道路自信、理论自信、制度自信的基础上又进一步提出"文化自信"这一重大理论，高屋建瓴地指明了

---

① 费孝通：《反思·对话·文化自觉》，《北京大学学报》（哲学社会科学版），
　　1997 年第 3 期。

中国文化的发展方向，为中华文化的全面复兴提供了强大的内在驱动力。

最近有国内学者不无担忧地提出："西方主体表述的理论与观念对中国的影响颇深，甚至中国人用西方话语进行的种种研究在一定方式与程度上出现了'后西方化'的趋势。"[①] 多年来，对中国传统文化的复苏与重建的探索历程表明，我们需要一种源于中华传统但不同于传统，合理汲取西方体系但异于西方体系的元语言来构建文化话语系统，一种新时代背景下被新的审美意识所呼唤、渴求并接受的话语系统，来完成世界范围内的中国文化叙事。

三、山东民间器乐在新时代的传承与发展

对待山东民间器乐的传承与发展，也应该采取综合措施，

---

① 胡斌：《"世界音乐"需要中国叙事》，《音乐研究》，2014 年第 1 期。

让它们真正成为山东文化发展的不竭源泉：一是进一步搜集、整理、深挖散落于民间的珍宝，并对这些民间音乐遗产进行科学记谱、系统研究；二是文化管理部门应设法提高民间艺人的收入与社会地位，让他们全心全意地将"手艺"保存好，传承好；三是着重培养热爱民间艺术的传承人；四是在系统研究的基础上进行创新性转化，这些转化可以建立在其特殊的组合形式、特殊的音色以及特殊的曲牌等方面，使其既保留原汁原味，又具有新的元素；五是要大力传播，好酒也怕巷子深，要借助新媒体实现民间器乐的本体及其创新性转化的新形态的海内外推广。

中华民族的伟大复兴目前处于新的历史机遇期，时不我待。民族复兴的标志不仅包括高度富足的物质文明，还体现在文化的高度繁荣上。中华文化的全面复兴，需要我们在文化自觉的基础上，坚持文化自信，通过文化话语体系的重构，完成文化上的中国叙事，讲述中国故事，从而使中华文化从围观者、倾听者、被动参与者，转变为主动的讲述者和主动参与者。

结　语

相信在新时代文化精神的指引下，具有高度文化自觉的山东艺术文化工作者，会以锐意进取的创新精神，经过锲而不舍的努力，推动山东民间器乐的传承与创新性发展，丰富齐鲁文化的内涵，推动齐鲁文化的传播，同时助力完善中国文化话语体系的构建，实现中华文化的全面复兴。

女性视角的追问
——以鲁中南鼓乐班女乐人为例

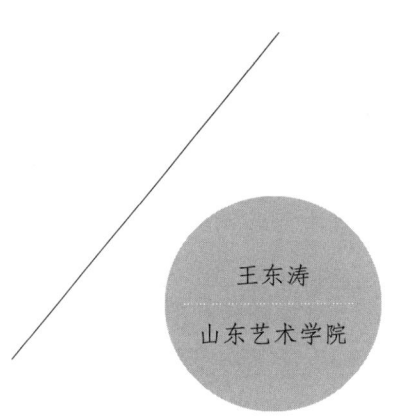

王东涛

山东艺术学院

王东涛，女，山东艺术学院音乐学院音乐学系主任，副教授

摘　要

本文以社会性别 (gender) 视角关注鲁中南鼓乐班的女乐人，以田野调查资料为基础，审视她们融入男性乐班的过程，追问与探究影响她们参与表演的社会文化因素，分析鲁中南鼓乐班女性角色长久缺失的原因，研究女乐人的表演职责以及女乐人的生存现状、婚姻家庭、处世哲学等文化人类学议题。

关键词

鲁中南鼓乐班；女乐人；社会文化因素

近年来，学者在面对女性问题时，通常把"性别"作为研究角度。现今，文化人类学层面的"性别"不仅是指生物学意义上的自然生理性别（sex），更多的是指社会意义上的性别（gender）。进而，对于两性问题的研究就应包括对研究对象自身生理性别的认知及两性所扮演的社会性别角色的深入反思。

笔者在探讨鲁中南鼓乐班女性角色长久缺失、女乐人表演职责、女乐人的生存现状、婚姻家庭、处世哲学等文化人类学议题时不禁要不断地追问，是怎样一种力量促使女性义无反顾地进入以男性为主体的鼓乐班？

一、社会进步使然

在漫长的中国封建社会历史时期里，通常被冠以"女性"身份的个体是被用来证明男人的存在的"客体"，同时受到父系社会对"女性"性别定义的局限，女性的主体意识长期受到压抑，独立意义的人格长期缺失。女性付出巨大的努力走出家庭的樊篱，踏入社会，在社会角色的实现过程中，努力证明着女人与男人作为"人"的同质的属性。

中华人民共和国成立后，鲁中南鼓乐班中陆续有女乐人出现，她们与男乐人一起为乡土的民俗仪式鼓瑟吹笙，这种现象与近代中国妇女解放、男女平等、政治变革密切相关。随着科学知识的普及，教育程度的提高以及女性自信力、独立性的增强，从前历史定位中女性碰不得的事物都被一一触及了，那些迂腐的"男尊女卑""传男不传女"的禁忌也逐渐被打破。女性为了一条禁忌去牺牲、压抑自己的正当爱好和个性的时代已经逝去。齐鲁大地到处都可以看到女鼓吹手、女歌手登台表演的场景，其现象之频繁引人关注。如此背景下，缺失女性、回避女性的民族音乐研究，其叙述是不完整的，但女性进入鼓乐班就能作为社会进步的标志了吗？绝不尽然！

二、生计所迫

在"男主外，女主内"的古代封建社会，富贵人家的女子大门不出，二门不迈是有家教的体现，而贫苦人的女子为了生计抛头露面，外出务工则是无奈之举，鼓吹乐这种经常要舍家撇业、四处奔波、风餐露宿，且带有明显男性符号的职业，若女性介入，可能会导致整个家庭蒙羞。所以，最初女性担当这个社会角色时，总是要以削减甚至丧失女性的自然性特征为代价，这可以理解为是女性为从男权社会中争得一席之地所做的无奈的妥协。

二十世纪七十年代改革开放初期，枣庄市峄城区的鼓乐班里出现了女鼓吹手，起初多是一些祖上有这门手艺，从小耳濡目染，有家学渊源的 "门里"女子追随父兄，走出家门，为他人的婚典和丧礼吹笙。我们已经很难了解她们第一次踏出家门时的心情，但是有一点是可以肯定的，她们这种无意识的，情之所至、物之所趋的举动，对传统鼓乐班的性别架构产生了巨大的冲击。她们以女性独有的"柔"，融洽调和了各种人际关系；她们以女性独有的"韧"，承载了各种社会角色。

笔者在田野调查中就曾亲历枣庄市峄城区的著名的东关刘家班班主的女儿，即将临盆还坚持参加演出；"峄城民间吹奏艺人八大家"之一的古邵镇韩家班的女鼓吹手周中英为丧葬仪式演出时还带着刚满一岁的女儿，冬天的户外，孩子的小脸冻得通红，在鼓乐喧天的乐声中竟然还睡得香甜，在演奏的间歇周中英见缝插针地给孩子喂奶，脸上洋溢的慈祥与爱怜与其他母亲无异，但更多出一分吹奏技艺带给她的满足与自信，而这门技艺也带给她的孩子或苦或甘的别样童年；刘家班女歌手龚成美因为孩子病了需要照顾，迟了半小时没赶上"主家"给鼓乐班准备的早餐，饿着肚子演出到中午十二点多。在主观层面，这些艰难困苦，不能阻挡她们迈向社会的脚步。她们都谙熟乡间鼓乐班的"游戏规则"，作为一名家庭主妇，一位妻子，一位母亲，她们要事无巨细地履行义务，而当她们走出家门，就要扮演一个合格的乐手，随叫随到，任劳任怨，用劳动来换取她们在家中挣不到的报酬和得不到的认同，她们必须遵从职业操守，必须有诚信。她们比谁都清楚，如果因为一点状况就随意旷工或迟到，轻则会耽搁其他人的营生，拖整个乐班的后腿，重则会被本来就松散的"职场"人际关系圈所疏离、边缘化甚至隔绝，而且之后会很难再融入这个圈子，会失去很多好的工作机会。在客观层面，她们为鼓乐班的兴旺付出了努力，为乡间的鼓吹乐注入了勃勃生机。

　　男女在心理和生理等方面的差异是与生俱来的，女乐人最初的社会角色是暧昧的、矛盾的，是具有反串意味的角色。她们用社会和家庭都能接纳的方式——阳刚的、非阴柔的姿态进入角色。唢呐是具有阳刚属性的乐器，即便是以优美平和、含蓄细腻为"平派"唢呐，其乐音也是豪放刚劲的。笔者在田野调查中结识的几位女乐手，都有相似的体貌特征和性格特质，她们身材健硕、衣着朴素、性情豪爽，这些中性的、淡化女性性征的外貌和举止有些是与生俱来的，更多的则来自从业家庭潜移默化的引导、对父兄做派的描摹抑或是长期在具有强烈男性符号化的职业中的熏陶。她们或主动或被动地将女性的自然特征藏匿于社会化努力的背后。

追溯至十九世纪末，中国出现了一批家境殷实、受过西洋教育、被新文化运动浸润的"新女性"，她们以男人的西装、马裤、长靴、礼帽为时尚，屏弃所谓的妇道，解开缠足，抛开裙裾，自由地奔跑，恣意地欢笑。她们将对平等的诉求遮蔽在乔装反串的衣着外壳之下，带有明显向父系社会价值体系挑衅的意味，她们"窃用"男子的装扮在潜意识里向自己和世人宣布与男性的平等，她们尝试超越性别的樊篱，这是妇女解放的先声。在现今，女乐手是否得到真正意义上的平等，还是只被打上了表面光鲜的商业化烙印，值得学者去深入研究。

三、市场需求推波助澜

历史的车轮行至二十世纪末，随着全球一体化的进程，城乡差别缩小、市场需求增大，社会为女性提供了更多的就业机会，人们开始不再戴着有色眼镜看待抛头露面的职业女性，也不会再因女性涉足以前只能由男性掌控的职业而大呼"世风日下，民风不古"。人们默认女性的职业开放程度反映着男女社交开化和社会进步的水平。

女艺人已成为山东城乡乐班中不可缺少的成员，为增加演出卖点，为博得彩头，唱民歌、唱流行歌，跳劲舞、跳钢管舞，唱传统戏、唱现代戏的演员几乎都是女性，女艺人以自然性别特征，本色演出，体现了她们在另一层面的"性别"自觉。开明的社会以前所未有的宽容与豁达接纳着女性以与男性决然不同的性别角色出现在众目睽睽之下、乡野舞台之上，女艺人刚刚还在享受着现代文明带给她们实实在在的自由与惬意，旋即就又在经济利益的驱动下，身着吊带裙、露脐装、超短裙，用暴露的、最能体现女性身材的衣着去满足部分民众的欲望。出现在世纪之交的某些鲁中南鼓乐班中的劲歌热舞，绝不是出于对压力的宣泄或是自我性别的反思与觉醒，而是来自利益的操纵，某些女性又甘为附属品，用自己所谓的"进步"与"解放"

巩固了男权社会秩序。此时笔者不禁要扼腕叹息，女性，你的名字真的叫弱者吗?!

四、现行社会结构促成

现如今，青壮年男性外出打工已成改变生存境遇的主要途径，男性在农村家庭中的长期缺席，不仅使亲情缺失、家庭结构失衡，也使原来依靠男性来传承的宗族文化的重担，落在了"留守"女人的肩上。

为了不让文化消亡，村中的老者，不再因循守旧，故步自封，开始让妇女接受技艺传承。女性除了料理家务、田间劳作，还要在传承文化等方方面面支撑门楣，她们不得不坚强、勇敢甚至彪悍，在汗水、泪水甚至血水中把自己锻造成"女汉子"！这是女乐人传承历史的被动与情感寄托的主动在现行社会结构中有机的契合。

结　语

　　循着这一连串的思索，很难得到像一加一等于二式的答案，作为一种文化现象，女乐人在乐班和民俗事项中承载的角色也随着历史的变迁在不断地演变，但随着女乐人进入乐班，融入乐班，进而在某些地区成为乐班的主体，也揭示了更深层的学理含义——当女性接过男性手中的乐器，就等于把历朝历代通通由男性掌控的器物以及由这些大大小小的器物象征的地位和权力接了过来，也就把男性精神世界中的神秘和神圣一股脑地接了过来，化为平凡，化为日常了。而这个进程要经历多么漫长的岁月，经历多少艰辛的磨砺，只有那些在尘沙中手执笙管的女子懂得其个中滋味。

民间鼓吹乐班的"开放与坚守"
——以鲁中南崔家班生存现状为例

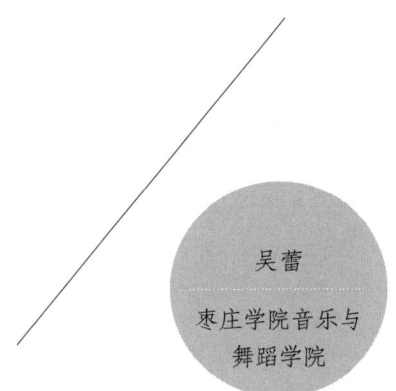

吴蕾

枣庄学院音乐与舞蹈学院

吴蕾，女，枣庄学院音乐与舞蹈学院教授

摘　要

通过对一个乐班为期 5 年的不定期跟踪调查，笔者对中国传统音乐的发展变化有了新的认识。崔家班的现状反映了：中国传统音乐文化若要在当今的经济大潮中生存与发展，既不能脱离与时代的结合，更不能放任自流，而应在开放与坚守中维持相对的平衡。

关键词

崔家班；开放；坚守；保护

　　几年前，笔者对鲁中南鼓吹乐进行考察，在一段时间之后发现，在当今经济大潮的冲击下，乐班的生存虽暂时可以维持，但乐班成员年龄偏大，面临着后继无人的窘境。笔者原本想做一次个案调查，机缘巧合之下萌生了另一种想法，即通过对一个乐班不定期的跟踪调查，观察鼓吹乐在多元文化并存的压力之下，其自身是如何调整、变化的，并从中找出其原因所在，进而试图发现一种模式，以点带面，发散开来去审视中国传统音乐的历史沿革。自此，笔者以滕州市羊庄镇的崔家班为研究对象，进行了为期 5 年的不定期跟踪调查。通过调查，笔者对以往教科书中阐述的诸如民间音乐"极少变异"的思维、"原汁原味"的观念产生了质疑，笔者认为，传统乐班或传统音乐在当今社会的转型过程中，存在着坚守中的开放和开放中的坚守。

一、乐班的选取

乐人，是区域音乐文化或地方乐种不可或缺的组成部分。中国民间的乐种，很多是由若干乐人组成一个乐班进行民间音乐活动，因此，乐班实际上是一个乐种的承载者。人数不等但风格相近的各乐班的民间音乐活动，构成了具有地方风格的区域音乐文化。要研究区域音乐文化，除了从整体上进行宏观了解外，还可以用个体作为案例进行研究，以小见大。但乐班之间存在着水平参差不齐、鱼龙混杂之现象，甚至为了某些利益，乐班之间相互攻击、诋毁，借助炒作而徒有虚名者也屡见不鲜。所以，选取具有代表性的乐班应慎之又慎。

2008 年 2 月初，笔者来到了山东省滕州市羊庄镇后石湾村，以期对此处一家葬礼的用乐情况进行田野考察，未见其人，先闻其声，笔者在村外就听见高亢的唢呐声。近距离接触后，被崔家班成员精湛的演奏技艺所折服。此后，笔者详细查询了一些官方资料和网络资料，并通过专家推荐以及调查所在地民众的口碑，经过严格的筛选，最终把崔家班定为研究的对象，从某种程度上说，崔家班可以看作鲁中南唢呐乐班历史沿袭的一个缩影。

二、羊庄镇的崔家班

滕州是枣庄地区"平派"唢呐的三大中心[①]之一。羊庄镇隶属于滕州市，位于该市的东南部，相传越国大夫范蠡曾隐居此地牧羊，故得此名。面积约 128 平方公里，辖 89 个村，人口约 8.1万，从枣庄全境来看属枣庄地区的中心地带。该镇共有唢呐班十余个，如崔家班、王家班、戴家班等。其中最著名的就是崔家班，另外有些乐班是由崔家学徒组织的小唢呐班，在结构上与崔家班并无太大区别，演出人员及规模也相似。因此，以崔家班作为研究对象颇具代表性。

以崔怀义为代表的崔家班，是鲁中南鼓吹乐"平派"铜杆唢

---

① 三大中心是峄城、滕州、薛城。

呐班的重要代表。该乐班自第一代乐师崔荣增算起，已成立了一百五十余年。据崔怀义老人（72岁）介绍："崔家班祖辈曾师从曹家班，当时曹家班已经有四五辈的历史，在原滕县（现为滕州市）有很大的影响。但曹家班后继无人，崔家班是曹家班的延续。"① 由此可以断定，追溯到曹家班，这支唢呐艺术的传承体系已经有二百余年的历史。至今，崔家班的演奏影响拓展至济宁甚至到达苏北的丰县、沛县地区，影响力之大可见一斑。

之所以在众多唢呐班中选择崔家班为研究对象，也是因为他们的高超的演奏技艺和特殊的经历。早在1987年，崔家班受邀到北京录制唱片并在全国发行；2009年受到中国音乐学院的邀请，崔怀义带领崔家班在该校举办了铜杆唢呐演奏会，并代表鲁中南"平派"唢呐录制音响资料；2013年崔家班在文化部举办的"第十届中国文化艺术节"中国民族器乐民间乐种比赛中，获非职业组"优秀演奏奖"，并代表获奖参赛队参加了颁奖晚会的演出。

---

① 2012年5月17日采访录音。

因此，崔家班不仅历史悠久，而且整个乐班都具有很高的演奏水平，乐人对乐曲的诠释非常到位，更重要的是他们较为完整地传承了许多传统唢呐乐曲。他们从民间走向专业院校，从仪式吹奏走进了录音棚，不只在田间"话桑麻"，而是跨越了祖辈几代未能走出的传统文化的围墙。当然，他们不仅是民间仪式里的唢呐班，而是代表了这一区域的传统文化。

三、对传统的坚守

如上所述，崔家班的模式传承是家族性的。诚然，这种谋生手段在曾经艰难的岁月里让"老崔家"比其他人家多了一条生路。时至今日，鼓吹不仅仅是谋生的手段，而是作为传家之宝凝聚着几代人的心血。"传统是一条河流"，在这样一个传承严密的乐班里，尤其是如崔怀义老人这样的长者，绝不愿意让祖辈手把手传下来的鼓吹技艺在自己手中断送。这其中已不再只是鼓吹技艺的传承，还满含对祖辈的尊重，对传统演奏方式的保留也正是这种情愫的体现。

（一）乐器组成

以唢呐为主奏乐器的鼓吹乐，形成于久远的历史长河中，经历了古今不同文化的洗礼，仍鲜活地存在于乡野中。这并不是偶然，因为这种民间音乐不仅可以调剂娱乐休闲，更是与民间仪式相生相伴。长期以来，鼓吹乐在婚典和丧礼仪式中一直占有非常重要的地位，久而久之，唢呐成为一种蕴含中华民族独特历史文化传统的符号，深深地印在人们的脑海里。

既然是仪式的一部分，鼓吹乐中的乐器自然也成了一种文化符号，尤其是唢呐，无法想象如果民间葬礼上没有"喇叭"（民间对唢呐的俗称）声会是什么情景。崔家班所用的乐器，至今仍保留了传统的配置，主要包括铜杆唢呐、笙、板胡、号、二胡、笛子和铜鼓等。这种组合在其他很多地区已经不存在了，就拿板胡来说，笔者在苏北和鲁西南地区见到乐班使用板胡还是在大约三十年前，现今乐班常用的乐器一般是唢呐、笙、民族打击乐器。

对于崔家班来说，乐器还保留得这么齐全，难能可贵。

（二）演奏曲目

在演奏时，为与民间仪式程序相配合，有些传统乐曲是必不可少的，如悲痛欲绝的《哭长城》，纯朴热情、民风浓厚的《百鸟朝凤》等。崔家班传承的传统乐曲有《五六五》《凡调五六五》《雅调五六五》《十样景》《将军令》《天下同》《庆贺令》《老少同音》《采花歌》《一枝花》《集贤宾》《大开门》《全家福》等。笔者在多次跟踪考察时，每每听到鼓吹班的演奏都会为之感动，不仅为他们投入的表演、高超的技艺和对曲调的精心刻画，更多的是为他们所具有的传统精神。正因为他们的执着，才使得我们在当下仍能听到中国民间传统音乐震撼人心的声响。

（三）传承方式

崔家班老艺人崔怀义的曾祖父崔荣增，将吹奏技艺传授给了其子崔宝振，崔宝振传授给其子崔星海，再由崔星海传授给崔怀义。崔怀义现收授徒弟多人。可以说，崔家班最主要的传承方式就是家传，他们已经把这个祖辈们用来糊口的家什当成家族祖传的技艺了。

姓　名	性别	年龄	文化程度	演奏乐器
崔怀义	男	72	文盲或半文盲	唢呐，二胡、笛子、笙
崔兴泉	男	70	文盲或半文盲	打击乐
崔兴玉	男	68	文盲或半文盲	打击乐、笙
崔怀金	男	63	文盲或半文盲	二胡、板胡、笙
崔家军	男	55	小学	打击乐、笙
崔家民	男	52	小学	笙、打击乐
崔家祥	男	51	小学	打击乐
崔鹏	男	45	初中	唢呐、笛子、管子
崔长峰	男	37	初中	唢呐、笙
崔长伟	男	29	初中	唢呐、笙
崔建	男	29	初中	打击乐、笙、电子琴
崔长格	男	29	初中	唢呐、笙、打击乐

崔家班组成情况

　　崔家班的乐队成员文化程度普遍不高，除了初中毕业的几个年轻乐手会看乐谱，上几代人都是靠口传心授传承下来的。另外，乐班成员全部为男性，这在别的乐班中不多见。经调查，这主要是受传统思想观念的影响，他们认为女孩长大嫁人后，传承的技艺被带到婆家，长此以往对自家生成竞争威胁。笔者认为这种"传男不传女"的现象还可以从其他方面思考：过去交通和通信都不发达，乐手靠步行去演出地，而女孩嫁远了，距离就成了一种障碍。抛开旧的思想观念不说，如果家族掌握的某项技艺有严格的传承家规，也从另一角度表明了它的珍贵性，同时可以看出崔家班唢呐技艺的"含金量"。

四、适应潮流的开放

社会的发展促使事物的每一次重大变革，或使人欣喜若狂，或令人痛彻心扉。崔家班的生存和发展也存在矛盾。变，意味着传统的丧失；不变，意味着将有可能失去竞争力。乐班和听众之间也存在着适应和调整，对于祖传的鼓吹技艺崔家班是不愿随意改变的，但听众喜爱的流行音乐与传统鼓吹乐艺术又格格不入。变还是不变？对于崔家班来说，想要拥有听众，就要顺应市场。

（一）乐队配置

乐班中铜杆唢呐、笙、板胡、号、二胡、笛子和梆子、钹、锣等打击乐器尽管仍占据主要演奏地位，但面对流行音乐的冲击，人们的审美需求也发生了改变。为了适应市场与听众的需求，崔家班在保留传统的基础上，增加了架子鼓、电子琴、木管、萨克斯、长号、小号等乐器，由年轻乐师进行演奏，体现了传统与现代、东方与西方的有机融合。

（二）演奏曲目

乐班对演奏曲目的选择不仅与乐器息息相关，还与人文环境有一定的关系。演奏需要迎合听众的审美需求，与百姓的喜好紧密结合，近年来，鼓吹乐班创作的一些曲目，融入了对当地生活和民俗的真切感受。

鼓吹乐根据经典的戏曲唱段，在吹奏中加入了一些戏曲的唱腔，创作改编了《朝阳沟》《七品芝麻官》《李二嫂改嫁》《打虎上山》等曲目。《沙家浜》中"智斗"和《朝阳沟》中"上山"选段，被咔戏表现得惟妙惟肖。

由于崔家班名声很大，其演出范围不仅在滕州地区，除枣庄外，崔家班也经常到临沂、济宁（邹县、鱼台）以及江苏的徐州、沛县等地演出。俗话说"十里不同音，百里不同俗"，一般来说，枣庄地区喜事活动中多演奏流行歌曲和喜庆的曲目，丧事活动中多演奏传统曲目，少演奏流行歌曲。但济宁微山地区的风俗就不一样，根据当地风俗情况，丧事活动中也奏流行歌。乐师通常把一些歌曲如《常回家看看》《母亲》《流浪歌》《为了谁》等串烧。如今，婚典和丧礼用乐逐渐有了区分，崔长伟说道："喜事多用西洋乐器，如小号、萨克斯、长号、次中音号、大鼓、大镲等，主要是为了与丧事有区别，用唢呐容易让人误会。"①

另外，在传统乐曲的演奏上，崔家班并不是一成不变的，也会对作品进行改编、创新。笔者做田野调查时在其他乐班曾听过很多版本的《百鸟朝凤》，乐曲中对鸡叫、蝉鸣以及百灵等各种鸟叫声的模仿惟妙惟肖，崔怀义的《百鸟朝凤》还可以模仿兽类的声音，这些在不知不觉中已经突破了传统的定义。

---

① 2014 年 3 月 19 日采访录音。

（三）演出形式

通过对崔家班的组成情况的总结可以看出，崔家班的多数成员会演奏多种乐器，多才多艺。在演奏不同曲目时，需要不同的乐器组合，有时需要五六种，有时需要更多，有时则只需唢呐、笙、云锣三种乐器。笔者在考察过程中经常看到，吹笙的乐师转而演奏板胡的情形。当然，这和民间仪式时间跨度长也有一定关系，崔家班的乐师似乎已有了默契，在长时间的演奏中，相互调换休息，甚至无须语言，拿起家什就能演奏。

乐班的主要乐师不仅"吹拉弹打"样样拿手，甚至能在演奏中穿插魔术、杂技等表演，不仅可以取悦观众，还为乐班提高了声誉。在民间个别有钱人家会请两个乐班同台表演，这就形成了"对棚"。两个乐班相互比试技艺，这时候看家本领都要拿出来。因此，班主需要有"绝活"。

随着社会的发展，民众的欣赏水平逐步提高，崔家班从坐棚演奏发展到搭台表演，尤其是在婚典上，乐班常用自制的铁架子搭上木板作为舞台（约24平方米），根据"主家"的要求，婚典时乐班会邀请唱歌、戏曲、舞蹈、二人转、魔术、杂技、小品等演员临时加盟，节目形式多样、演出丰富多彩，正如乡民说的："结婚是喜庆的事，越热闹越高兴。"服装、道具当然也有较大的变化，婚典时乐班也会一改往日的风格，换上专业演出服装，结合舞台灯光、音响等效果，俨然是一个民间专业艺术团。

五、思考与建议

随着经济的发展，民间传统仪式的演进，人们思想的转变，鼓吹乐的内容和形式都突破了固有的观念，"极少变异""原汁原味"这样的词语也只能存在于教科书中了。崔家班作为市级非物质文化的传承者，尽管吸纳了许多流行元素，但依然在开放中坚守着传统。当然，对于流失的传统元素，许多人会感到痛心，但当传统音乐的承载者失去市场面临生存问题的时候，传统音乐同样也将无法保存。再者，在这一乐种的发展过程中也可以看到许多新的融合，比如流行歌曲以吹打的形式演奏，曲调也常用唢呐的滑音、打音、气顶音等传统技巧来表现等。

鲁中南鼓吹乐虽为本文的研究对象，但它只是中国传统音乐的一部分。放眼中国传统音乐的发展，笔者有以下几点建议：

首先，改变传统的思维模式。传统音乐的传承，并不能"墨守成规、一成不变"，任何想要"原汁原味"地保护都是不可能实现的，"改变"只是时间问题。尽管改变是必然的，但如若任其自然发展，也许，传统音乐的消亡将是我们所看到的唯一结果。因此，要加大力度弘扬中国传统音乐文化，处理好继承、保护、发扬三者之间的关系。

其次，重视对乐人的保护。乐人是音乐的载体，一个乐人能带活一个乐种。崔家班就是很好的例子，因为有了崔怀义等老一代乐人，传统音乐才会被大量保存，崔怀义和他的传统曲目就是崔家班的旗帜。如今，在多元文化的影响下，对传统音乐的坚守，并不是每一个乐班都能做到的，正是以崔怀义为代表的非物质文化遗产传承者，使大量优秀传统曲目和民间技艺得以保存。另外，对于民间乐人的保护，还应关注其后代的培养，现年63岁的崔家二儿子崔怀金，6岁学吹唢呐，从小由爷爷背着出门演出，因个头不够高，需要站在椅子上表演。而年轻的乐师，如29岁的崔建，17岁才开始弹电子琴、吹笙，两代人从学艺起步就有十余年差距，在传承上也一定会存在缺失，面对这种现状，理应采取相应的措施。

结　语

"鲁中南鼓吹乐"这一传统乐种，在当地民间仪式中占据着不可或缺的地位，传承这一乐种的崔家班，在生存、发展过程中的开放与坚守，终将使鲁中南鼓吹乐在社会复杂的链条中为民间习俗的传承与发展推波助澜。

参考文献

[1] 项阳 . 当传统遭遇现代 [M]. 上海：上海音乐学院出版社，2004.

[2] 山东省滕州市地方史志编纂委员会 . 滕县志 [M]. 北京：中华书局，1990.

[3] 张振涛 . 葬俗中的唢呐乐班——榆林地区丧葬仪式音乐的调查与研究 [A]. 曹本冶 . 中国传统民间仪式音乐研究（西北卷）[C]. 云南人民出版社，2003.

费县民间唢呐曲《鸿雁落沙滩》

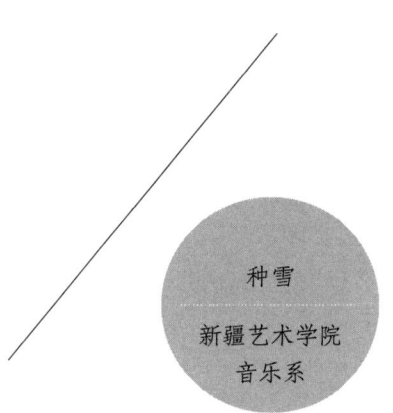

种雪

新疆艺术学院
音乐系

种雪，女，新疆艺术学院音乐系硕士研究生

摘　要

　　山东是儒家文化和礼仪文化的发祥地，丧葬礼仪是礼仪文化的重要组成部分。山东鼓吹乐是北方鼓吹的重要组成部分，其中鲁中南鼓吹又是山东鼓吹具有代表性的流派，费县唢呐曲《鸿雁落沙滩》是鲁中南丧葬礼乐的曲目之一。本文从山东鼓吹的分类、丧葬礼乐的含义出发，简要地对《鸿雁落沙滩》乐曲的意义、音乐的文本、演奏方法和伴奏乐器等方面进行分析。

关键词

　　鼓吹乐；丧葬礼乐；唢呐；鸿雁落沙滩

　　唢呐是我国传统的民间乐器，演奏技法十分丰富，表现力极强，不仅能表达出粗犷豪放的情感，还可以表现出温婉细腻的情绪，长期以来在我国北方农村地区广泛流传。由于民间风俗、地理位置等诸多因素，唢呐的派系分为很多种，不仅南北不同，就算同一区域的唢呐也有很大区别。

　　山东地域辽阔，历史悠久，山东的传统音乐文化作为精神文化和物质文化的纽带，有着自己独特的魅力，山东鼓吹乐就是其中宝贵的财富。作为鲁中南鼓吹乐的一个分支，费县唢呐文化虽然形成较晚，但是发展迅速，它吸收各地区唢呐文化之所长，有着自己独有的特点。

　　由于历史和文化等多种因素的影响，我国民间音乐的传承多是口传心授，直到现在很多偏远地区仍然沿用着这种方法，这使得传统作品的传承遭遇困境，即使有些曲目得以保存下来，但关于它们当时的创作目的或意义已无从考证。

一、文献综述

现阶段，国内对山东鼓吹乐和丧葬礼乐进行研究的课题数量较多。在山东鼓吹乐的研究成果中，《中国民族民间器乐曲集成·山东卷》《袁静芳音乐文集》《鼓吹乐述略》等专著，对山东鼓吹乐的论述比较详细，不仅系统地论述了其音乐形象、乐队编制、器乐特点等，而且还按照不同的地域特点进行流派的分类，对鼓吹乐的研究有着重要的指导意义。期刊论文中，如魏占河的《谈鼓吹曲大绞笛的结构形态》、王希彦的《鲁西南鼓吹乐初探》等注重对鲁西南鼓吹乐进行研究，乔建中的《和而不同　多样统一——四种北方鼓吹乐的比较分析》对山西八大套、冀中管乐、鲁西南鼓吹乐和辽南鼓吹乐的生存环境、乐队组合及其编制、曲目、调名、曲体、社会功能做了对比分析，从中区别异同，探究规律。王珉的《对山东民间鼓吹乐研究方法的探讨》则是从研究方法方面进行探讨。通过以上文章对鲁西南音乐进行的研究和分析可以看出，鲁西南地区鼓吹乐与其有很多相似之处，但仍有其独有的特色。

目前国内有关丧葬礼仪活动的研究专著众多，如：徐吉军、贺云翱的《中国丧葬礼俗》，罗开玉的《中国丧葬与文化》，何彬的《江浙汉族丧葬文化》，万建忠的《中国历代葬礼》，徐吉军的《中国丧葬史》，陈文华的《丧葬史》。以上专著对我国丧葬礼仪文化的历史、仪式进行、社会观念、社会功用、价值等做了详尽的研究和分析。

二、山东鼓吹乐的分类

在汉代时期，山东鼓吹乐便已开始流行，随着时间的推移，山东鼓吹乐顺应民众的需要，与时俱进，不断地改变、完善自身技艺和作品，逐渐被民众所接受并受到大家的喜爱。中华大地幅员辽阔，南北地区存在文化的差异，而北方的山东地区，由于风俗习惯、语言音调等因素的影响，也存在一定的文化差异，从而使鼓吹乐形成不同的流派。《中国民族民间器乐曲集成·山东卷》将山东鼓吹乐划分为四个流派，主要有鲁西南鼓吹乐、鲁中南鼓吹乐、鲁北鼓吹乐和鲁东鼓吹乐。

（一）鲁西南鼓吹乐

山东的鲁西南地区，主要包括菏泽、济宁、聊城等城市，鲁西南鼓吹乐演奏刚柔并济，其曲目不仅可以吹奏还可以演唱，具有浓厚的民族地域特色和乡土气息。鲁西南地区唢呐的形制有很多种，定调方式也不同，分为 C 调大唢呐，D 调、E 调中唢呐，锡唢呐、海唢呐、铜唢呐等则以 G 调、F 调最为常见；乐队形式也十分讲究，主奏乐器为唢呐，其他吹奏乐器还有笙、梆笛（南北方笛子存在差异，南方称曲笛，北方叫梆笛）、管子等；击乐器有鼓、锣、梆子等；一支唢呐的编制称为单大笛，两支唢呐称为对大笛。

鲁西南地区唢呐广泛流行，演奏技法多变，其曲目众多，不仅吸收了传统音乐的内容，而且顺应时代的发展，作品更贴近生活，因而被更多的人所接受。鲁西南鼓吹乐的组成主要有三大部分，一部分是从戏曲的曲牌移植过来，还有一部分从曲艺的器乐曲牌发展而来，最后一部分则是从民间音乐发展而来的。其中对鲁西南鼓吹乐影响最大的就是戏曲音乐，由此改编的曲目有《风搅雪》《六字开门》《大笛绞》等，而这些曲目在鲁西南地区应用非常普遍，成为鼓吹乐的代表曲目。

（二）鲁中南鼓吹乐

山东的鲁中南地区，主要包括临沂、枣庄、日照等城市，临沂等地靠近码头或港口，是重要的经济文化枢纽，艺人的演奏在文化交流的过程中，吸收其他地区的文化精华，再与当地的风俗习惯、语言音调等结合，形成自己独有的特点。因此，鲁中南地区的音乐虽然与鲁西南地区音乐风格上有相似之处，但仍有其自己独特的艺术特点，鲁中南地区的鼓吹乐演奏风格比较平稳含蓄，演奏的乐曲如歌唱一般。鲁中南地区的唢呐也有不同的形制之分，有铜杆唢呐、木杆唢呐等。鲁中南鼓吹乐的主奏乐器也是唢呐，其他吹奏乐器还有梆笛、管子、锡唢呐等，打击乐器有小镲、小锣、大锣、铜鼓。

鲁中南鼓吹乐的曲目来源与鲁西南地区相似，都取自于当地的戏曲和曲艺音乐。铜杆唢呐的曲目有《集贤宾》《五六五》等，木杆唢呐的曲目有《十样景》《鸿雁落沙滩》《哭长城》等，笛子的曲目有《步步高》《四合四》等，管子的曲目有《采茶歌》《双声怨》等。

（三）鲁北鼓吹乐

山东的鲁北地区，主要包括济南、滨州、德州等城市。其鼓吹乐的音乐风格比较粗犷豪放、热情幽默，与山东其他地区鼓吹乐有显著的差异。D调、E调唢呐是主奏乐器之一，筒音作 sol 或 do，通常用于演奏热情洋溢的曲子。由于当地唢呐的哨片比较硬而且略大，所以唢呐的音响效果更加嘹亮、浑厚有力。鲁北鼓吹乐在乐队配合上与其他地区不同，采用吹打结合的形式，注重色彩性打击乐器的运用，成为这一地区鼓吹乐的特色。此外，吹奏乐器还有梆笛、笙、埙、口哨等，打击乐器有鼓、梆子、大钹等，弦乐有二胡、京胡，用于替代或加强笙的声部。

鲁北鼓吹乐曲的题材非常广泛，有历代相传的古乐曲《开门》《海清歌》《普天乐》，也有根据地方戏曲、曲艺改编的器乐曲《行水令》《庆贺令》，还有器乐化的当地民间小调《一枝花》《柳青娘》《哭周瑜》，更有咔戏《坠子腔》《小放牛》《四根弦》等。

（四）鲁东鼓吹乐

山东的胶东地区被称为鲁东地区，主要包括青岛、烟台等城市，鲁东鼓吹乐又称为胶东鼓吹乐。鲁东鼓吹乐风格的最大特点是典雅古朴，大杆号的使用更是鲁东鼓吹乐的一大特色。胶东大杆号形制上与其他地方无太大差别，杆身可以伸缩，最长可达两米，没有按键，用于独奏、齐奏等，胶东艺人可以用大杆号吹出较为复杂的旋律。鲁东鼓吹乐的主奏乐器以唢呐为主，其他伴奏乐器还有笙等，打击乐器有打鼓、云锣、钹等。

鲁东鼓吹乐曲目丰富多彩，由于可以主奏的乐器较多，因此每种乐器都有专门的曲目，如管子曲《山坡羊》《泰山景》《游湖》，蒇管曲《大柳摇金》《小柳摇金》，笛子曲《老僧扫殿》《行三江》，唢呐曲《哭皇天》《对七》《八条龙》等。

三、《鸿雁落沙滩》乐曲概况

（一）丧葬音乐的含义

随着社会的进步与发展，人们对仪式音乐越来越重视，仪式音乐在一定的环境下与参与仪式的人的心理有着紧密的联系，所以，仪式音乐还兼具社会功能。丧葬音乐是礼乐的重要组成部分，它不仅是生者对死者的哀悼，也是对生者一种慰藉。

丧葬仪式中应用较为广泛的礼乐有鼓吹乐、哭丧歌等，唢呐是鼓吹乐中重要的主奏乐器，还有打击乐器如鼓、锣、镲等用来烘托气氛。丧葬礼乐在民间似乎有一个不成文的规矩，即如果没有鼓吹乐，便不能称之为仪式，由此可见，鼓吹乐在丧葬仪式中的重要性。葬礼仪式的举行是亲人对死者生前事迹的追悼，用这样的仪式来证明死者身份的象征性以及在世时的重要地位。仪式的举办可以凝聚人与人之间的关系，因为死者离世，亲人来吊唁，邻里乡亲赶来帮忙，无形之中会让生者更加珍惜身边的人。丧葬音乐所传递的情感与人们的情绪对应，音乐的起伏变化似在诉说死者生前的点滴生活,让人悲伤不已。仪式的举行是生者对自己心灵的抚慰,是对死者离世后的弥补,也是对长辈的尊敬和对生命的敬畏,与孝敬长辈等社会道德不谋而合。

（二）乐曲的由来

在我国,民间艺人曾被称为"戏子",他们的技艺被视为不入流的行当,民间艺人的地位不仅不高,而且还被视为"下九流"①,中华人民共和国成立后,这种现象才得以改善。而作为一名鼓吹手,尤其是唢呐艺人,需要一定的天赋和刻苦的忍耐力以及日复一日、年复一年的不断练习,来提高自己的演奏技法,所以在当时从事这个行业的不外乎两种人,一种是对鼓吹乐特别钟爱的人,另一种是为生活所迫的人。

我国传统民间音乐的传承主要依靠"师徒传承"和"家族传承"。就是徒弟或晚辈跟随师父或长辈学习,跟随他们参加各种

---

① 下九流:旧时指社会地位低下、从事各种所谓下等职业的人,如艺人、脚夫、吹鼓手等。

演出活动，通过"口传心授"的方法，反复聆听、揣摩、练习，然后实践。费县唢呐曲《鸿雁落沙滩》是曹成友老先生在20世纪初从他的师父那里学来的，后来曹老先生创立了"曹家班"，传给了他的儿子曹广绪，之后代代相传，传承至今。《鸿雁落沙滩》是一首丧葬礼乐，在当地的葬礼习俗中使用频繁。

（三）乐曲演出形式

中华文明史上下五千年，传统习俗文化博大精深，丧葬文化也是中国传统文化的一个分支，有着独特的复杂性和稳定性，它反映了中国文化的宗教、道德、风俗、艺术和文化。文化在历史发展的过程中是社会文化因素的重要组成部分，山东是儒家文化的发祥地，素有"礼仪之乡"之称，丧葬礼仪是儒家文化的一种体现。

山东费县地区，死者去世后的第一天需要"泼汤"三次。第一次"泼汤"被称为"倒头汤"，在前往墓地的路上，乐班随行演奏，出了村庄便停止。到达目的地后亲人选择墓地的位置，用事先准备好的一包黄纸、一只鸡用来祭祀，乐班演奏乐曲《工尺上》

等。回去的路上乐班演奏《桃红》，《桃红》有五大调，分别为月调、平调、五子调、闭宫调和上调，乐班选择一种调吹奏即可。中午时的第二次"泼汤"被称为"圆汤"，这时前来吊唁的人到齐，乐班用小唢呐演奏《十样景》《桃红》等曲目。傍晚时分进行最后一次"泼汤"，这时乐班演奏《鸿雁落沙滩》，此时乐队的编制为对大笛，包括两位唢呐艺人以及堂鼓、小镲、大锣艺人各一位，通常主奏乐手站立演奏，伴奏堂鼓乐手坐着演奏，其他乐手站立演奏。

（四）乐曲意义

听者可以在《鸿雁落沙滩》中感受到人生中的喜怒哀乐。它讲述的不仅仅是两只鸿雁的凄美爱情故事，歌颂爱情的伟大，更多的是作曲者对人生的感悟。这首作品的旋律三起三落，听者可以从中体会出人生道路的艰难困苦，体会曲作者对幸福生活的憧憬、对生活的美好向往，还有其乐观豁达的人生态度。

四、乐曲的音乐分析

（一）曲式结构特点

《鸿雁落沙滩》，F 调，用 C 调大唢呐（筒音作 re）演奏，2/4 拍。这首乐曲采用倒叙的手法展开旋律，演奏开始时，引子部分比较低沉，两支唢呐轮奏，表现出了鸿雁逝去的画面，情景凄楚；之后翻高一个八度进行齐奏，伴奏乐器合奏，表现出曲作者的无奈和心中的呐喊。乐曲的力度由弱到渐强，速度逐渐加快，散板没有章法，有节奏但没有节拍，表现出对亲人离世难以接受的情绪以及对现实生活的愤恨之情。

之后乐曲进入行板，两支唢呐齐奏，节奏比较平缓，是旋律性比较强的一段，具有歌唱性。

这一段表现的是亲人与死者生前场景的回忆，将思绪带到"曾经"的意境中，不论是痛苦的还是美好的，都是值得回忆的。在一段较为平静的旋律后，主题动机反复。

《鸿雁落沙滩》旋律节选

《鸿雁落沙滩》主题旋律

这一主题反复，每次出现时速度会发生改变，演奏者进行了加花处理，此时搭档间必须配合默契，对乐手的演奏技艺是一种考验。乐曲最后有一小段轮奏，用各种音高来模拟两只鸿雁的哀鸣，如泣如诉，仿佛在互诉衷肠，互相道别，表现出人们对亲人的怀念和不舍之情。

乐曲末尾进入一个小快板，引子部分的旋律在此出现，首尾呼应，使乐曲具有极高的完整性和统一性，此时乐曲表达的情绪比较激昂。最后，乐曲在热烈的情绪中结束，传达出一种积极的生活态度，不仅有对死者在世时美好生活的怀念，也让在世之人对生活充满了期盼。

（二）演奏技法

费县的唢呐艺术在技法上更倾向于气吹，如铃音、哈音、箫音等。铃音是用舌头快速地上下扇动哨片，使唢呐发出清脆的声音，像水一样清澈透明；哈音是用嘴唇来搓动哨片，产生的音效比较细腻、柔和；箫音是用嘴唇夹紧哨片，用轻微的力度去吹奏，发出的声音比较弱，但却很厚实。

以《鸿雁落沙滩》为例，乐曲开始一个弱起后渐强，然后是一段模仿鸟鸣的旋律，演奏的难度在于对气息和力度的控制。为了好的演奏效果，吸气时要吸满，在演奏的过程中，腹部要一直保持膨胀的状态，此时的演奏需要舌与气的配合，运用单吐、双吐的技巧，带动情绪，使乐曲更加激昂、热烈。乐曲的结尾部分是演奏的难点，在吹奏时要根据乐手自身的情况和搭档配合来模拟大雁的哀鸣，这依靠的不仅是平时训练的积累，还有两人的默契度。最后的小快板，考验的是手指的灵敏度和气息的支撑，只有掌握了良好的演奏技巧和较高的音乐素质才能更好、更准确地表现音乐的思想感情。

（三）伴奏乐器

《鸿雁落沙滩》这首乐曲的打击乐器主要有堂鼓、小镲、大锣，演奏时没有固定的锣鼓牌子，演奏者根据乐曲的内容和演出经验即兴演奏。乐曲开始部分，伴奏乐器齐奏表现出一种大雁起飞的热闹场面。这时的伴奏乐器没有板眼之分，为了体现热烈的场景，采用均分的节奏型 ×××× ×××× 持续击打伴奏乐器。

乐曲中部，大锣与小镲配合，加重强拍，强调板眼，堂鼓没有固定的牌子，根据乐曲即兴演奏，主要的节奏型有二八 ××，前八后十六 ×××，切分音 ×××，附点节奏 ×．××××．，四个十六 ××××，等等，偶尔也有一些装饰性的加花节奏，如加入休止、倚音等。在两支唢呐轮奏时，大锣停止演奏，小镲和堂鼓的力度减弱，突出了大雁的哀鸣声，使乐音更加凄凉哀怨。

在乐曲最后的高潮部分，所有伴奏乐器齐奏，乐曲在热烈的气氛中结束。虽然伴奏乐器的节奏不同，但是目的是一样的，都是用来强调音乐的板眼以及烘托音乐的气氛，加强色彩，使音乐更加生动形象。

结　语

《鸿雁落沙滩》这首作品出自民间，有较强的群众基础，深受当地人的喜欢。通过对作品的社会环境和乐曲本体的分析可以看出，这是一首典型的丧葬音乐。乐曲三起三落，主题旋律循环往复，旋律中既有热闹的画面、美好的回忆，也有凄凉的低诉、哀怨的雁鸣，将人生的悲欢离合表现得淋漓尽致。通过对《鸿雁落沙滩》作品背景、意义的整理，我们更好地理解丧葬礼乐，在演奏或欣赏时，可以更好地把握情感。通过对乐曲本体以及演奏技法的分析，可以使演奏者在演奏时更好地把握技巧。

　　山东鼓吹乐历史悠久，文化内涵深厚，有自己特有的风格特点。不论是在曲目创作上，还是在演奏技法上，抑或是在情感的渲染上，都紧密贴近人们的生活，受到人们的喜爱。同时，希望鲁南鼓吹乐得到更多关注，唢呐艺术在传承和发展方面取得更大的突破。

参考文献

[1] 陈月书.山东派唢呐概述 [J].剧作家，2016（6）：130.

[2] 李刚.陇东婚丧唢呐音乐特征分析 [J].艺海，2008（5）：55-56.

[3] 李耀让.山东唢呐 [J].剧影月报，2006（1）：73.

[4] 李夏.辽宁与山东民间丧葬仪式音乐比较研究 [D].沈阳音乐学院，2014.

[5] 刘中华.东北唢呐演奏的艺术特色 [J].戏剧之家（上半月），2013（2）：31.

[6] 乔建中，薛艺兵 . 民间鼓吹乐研究——首届中国民间鼓吹乐学术研讨会论文集 [M]. 济南：山东友谊出版社，1999.

[7] 山曼，李万鹏，姜文华，叶涛，王殿基 . 山东民俗，[M]. 济南：山东友谊出版社，1988.

[8] 唐洪鑫 . 胶州民间鼓吹乐手徐百乾及其音乐活动之调查与研究 [D]，青岛大学，2010.

[9] 张志可 . 民间唢呐曲创作的文化内涵初探 [J]. 乐府新声（沈阳音乐学报），2005（1）：43 － 46.

保护优秀民族传统音乐之时代精神

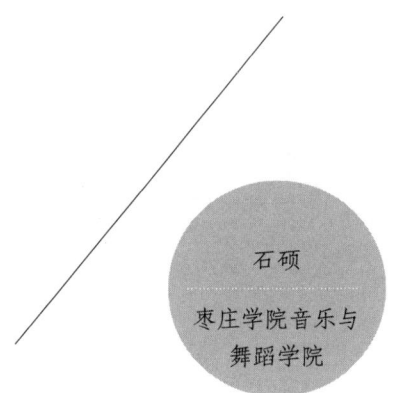

石硕

枣庄学院音乐与
舞蹈学院

石硕，枣庄学院音乐与舞蹈学院讲师

摘　要

中华历史文化源远流长，传统音乐文化是中华历史文化的重要组成部分。近年来，国家重视对传统音乐文化的挖掘、保护，笔者通过对某些传统音乐生存现状的调查分析，对如何保护传统音乐提出自己的意见与建议，希望对传统音乐的发展与传承尽微薄之力。

关键词

传统音乐；文化自信；传承发展；时代精神

　　传统音乐是指国人运用本民族固有的方法，采取本民族固有的形式创造的具有本民族固有形态特征的音乐，其中不仅包括在历史上产生的、世代相传至今的古代作品，也包括当代国人用本民族固有形式创作的、具有民族固有形态的音乐作品。

一、保护传统音乐的意义

　　世界经济现代化、一体化进程迅猛发展，伴随着西方现代化工业文明的散播，我国的文化生态尤其是传统音乐文化生态受到严重威胁，中国传统音乐的存在空间日渐萎缩，传统音乐存在形态正逐渐消解。

　　以嘉祥鼓吹乐为典型代表的鲁西南鼓吹乐，早在两千多年前的汉代，就已相当闻名。在嘉祥出土的武氏祠汉画像石刻群中，能够看到多处吹奏"横笛""排箫""笳""竽"等乐器的画像。但是，笔者在鲁西南一带调研发现，目前能用竹笛吹奏鲁西南鼓吹乐传统曲牌的人少之又少，仅发现在嘉祥县大张楼镇文化站有几位吹竹笛的民间艺人，年龄最小的也有五十多岁。源于鲁西南同一地区的传统戏曲"柳子戏"面临着同样的问题，目前在鲁西南地区会唱传统柳子戏曲目的艺人只有十余人，且都是年过七旬的老人。随着传承人不断地老去，民族民间艺术和技艺濒临灭绝，许多剧种曲目面临随着传承人的离去而消失的困境。

中国传统文化是音乐文化发展的根基，只有牢固根基，中国音乐文化之树才能充分吸收各种养分，枝繁叶茂。习近平总书记说："中华文化源远流长，积淀着中华民族最深层的精神追求，代表着中华民族独特的精神标识，为中华民族生生不息、发展壮大提供了丰厚滋养。"保护并传承传统音乐，是我国音乐界公认的一项迫在眉睫的任务，于国家和民族有着不可估量的重要意义。

对传统音乐进行保护，对其发展过程进行全方位的考察、记录、研究，才能更好地保护传统音乐文化，使之健康发展，永世留存。

二、对传统音乐进行保护的几种方式

笔者研习部分文献资料后，发现可通过以下几种方式对传统音乐进行保护：

（一）博物馆式保存方式

笔者于中央音乐学院进修期间，数次参观其乐器陈列博物馆。博物馆以从民间搜集的各种传统乐器及与音乐生活相关的服饰、道具等实物或图片资料为保存对象，以此类形式保存的陈列品不仅具有研究价值，亦有一定文物收藏价值。此外，还有一些传统音乐档案馆、传统音乐文化生态展览馆，由专业音乐学者收集、整理并记录的民间现存乐种的乐谱、音像资料及撰写的民族音乐学著述为保存对象，以人为行为保留传统音乐原生生态环境，使一些珍贵乐种能以活的形式存在。

（二）学校教育与家族传承方式

学校教育是传承和发展中国传统音乐的重要方式，现已有部分有欣赏价值的优秀曲目、剧目出现在中小学教材中，使这些优秀传统音乐得以在校园流传。笔者调研后发现，枣庄市第十五中学每年举办"戏剧音乐节"或"戏剧展示周"活动，学生扮演戏剧角色，亲身感受戏剧的魅力。不论作为戏剧角色原型，抑或对其他音乐元素渗透，均对学生的音乐生活产生深刻且积极的影响。

家庭传承是保护传统音乐极为重要的途径，老一辈或当代音乐表演艺术家，许多出自音乐世家。他们自小受到家庭音乐氛围的熏陶，取得了卓越的成就，为我国传统音乐文化发展付出了巨大的努力。例如，我国当代杰出的二胡演奏家、教育家宋飞女士，便得益于其精通二胡理论和演奏、教学俱优的父亲宋国生手把手的指导，宋飞高超的艺术修为离不开父亲的精心传授。

（三）组建艺术团体、音乐院校方式

近年来，各地政府通过投入人力、物力、财力组建文艺团体，创办艺术类院校、文化馆、群众艺术馆等措施，着力培养传统音乐艺术人才，以此推动传统音乐的传承和发展。据不完全统计，国内有百余个活跃在舞台上的音乐文化艺术团体，这在不同程度上对传统音乐文化的可持续发展提供了有力的保障。

　　曾有学者见证，濒临灭绝的维吾尔族大型音乐经典套曲"十二木卡姆"，经历了由 20 世纪 40 年代末仅有的两三位高龄艺人能够较完整地演唱发展到由新疆木卡姆艺术团、木卡姆研究室进行保护性传承，再到群众广泛演唱，并发扬光大的过程。新疆维吾尔自治区在 20 世纪 80 年代成立了专门学习和演出"十二木卡姆"的艺术团，保护和传承维吾尔族的传统古典音乐"十二木卡姆"是该团的主要任务。

　　（四）发展旅游业促进传统音乐发展方式

　　改革开放以来，随着旅游业日益发展兴旺，独具地方特色的传统音乐备受经营者的青睐。各旅游景点纷纷推出传统音乐节目表演，吸引了大批旅游观光者，为旅游业从业者带来可观经济效益的同时，也间接扩大了传统音乐尤其是地方戏曲音乐在各地的生存空间。以笔者家乡枣庄为例，戏曲"柳琴戏"的表演在当地旅游景点极受欢迎，著名的台儿庄古城在每天的固定时段会上演精彩的柳琴戏剧目。在为来自五湖四海的游客带来精彩表演的同时，传统音乐亦通过旅游业这种载体，获得了新生并蓬勃发展。

三、保护传统音乐应注意的问题

笔者所言的"保护"不仅包含"保存"，还涉及"发展"的层面。首先，要争取抢在某些即将丧失生存环境的古老乐种消亡前，进行针对性的收集、整理、记录、保存，确保传统音乐文化基因库的相对完整；其次还要及时为其寻觅一条与当今社会环境相匹配的发展之路，避免其传承出现断代，使其在中国音乐语言体系中永葆活力。对于以上建议，笔者就其可操作性和应注意的问题提出几点个人的看法。

（一）加强文化部门的职能作用

依照国家行政体制划分，县级单位均有文化局、文化馆等机构，落实到乡镇一级有文化站，绝大多数民间传统艺术的传承与保护主要依靠各地区文化局、文化馆人员完成。基层文化工作者对于保护传统音乐做出了巨大贡献。但仍有个别政府部门未充分认识到保护、抢救传统音乐文化的紧迫性，未能充分发挥政府职能作用，对利于传统音乐发展的软硬件建设投入严重不足，尤其是对乡镇文化部门和博物馆的投入少之又少。

此外，某些文化工作人员并未系统地学习传统音乐学，大多只是参与某些专业院校音乐理论或作曲技能培训，导致部分基层文化工作者倾向于用其有限的"专业知识"来改编地方传统音乐，以使其更好听、更适合上舞台。此类"文化改编"显然有损于传统音乐的民间化、原生态化与活态化。文化工作者要扎根于田间地头，实实在在地体验生活才能创作出优秀且富有生机的作品。有学者指出："人们可能出于对现代化生活享受的渴求，主动接受现代的技术手段，而忽略了其生产、生活方式的骤变是否完全适应其传统的价值观念和文化模式的问题，而这也正是现代化与传统之间冲突的表现。"

（二）将传统音乐教育引进校园文化建设

口传心授是家庭传承的主要特征。在有音乐传统的家庭环境中，祖辈与父辈的音乐几乎伴随着孩子成长的整个过程。随着学校义务教育的推广，将优秀且具有代表性的传统音乐作为学校音乐课的必修内容，既符合时代精神，也是在新时代保护非物质文化遗产的必由之路。

青少年是我们国家的未来，也是传统音乐文化的继承者与传播者。随着社会与经济发展的冲击，青少年迷恋流行音乐，对传统音乐的兴趣不高，参与学习传统音乐的人数较少，现代社会正在以其"现代兴趣"取舍着传统音乐艺术。在中小学教育中，应呼吁国家教育部门放宽民间乐种进入课堂的权限，而不局限于将某一种艺术门类以行政化手段在全国推广。要使优秀的传统音乐进校园，首先，对教师的培养很关键，各个学段的教师自身要喜欢优秀传统音乐；其次，在新编的中小学教材中增加优秀传统音乐内容，尤其是古典乐段的比重；再次，要努力将戏曲、戏剧、民间音乐等优秀传统音乐中的要素引入校园文化建设。

笔者一再强调的是优秀传统音乐，其中"优秀"二字极为重要。国家提倡让优秀的传统文化走进课堂，从而激发学生的爱国热情，增强学生的文化自信，让中华民族优秀传统文化得以传承、延续。

（三）创新大学音乐教育课堂形式

我国现有专业艺术表演团体近一千个，群众艺术馆两千余所，有三十余所高等、中等音乐艺术院校专门培养传统音乐艺术人才。其中，中央音乐学院等一批国家重点音乐院校还不定期开办传统音乐人才培训班，对传统音乐文化的发展传承起着推进作用。

但是，目前我国多数大学的音乐教育还是以西欧音乐为主线，辅之以传统音乐。少数专业性较强的院校开设"民歌""民族器乐"等理论课程，但大都是泛泛而谈，未能进一步深入。另外，大量优秀的曲目、剧目在大学课堂上并没有进行全面深入的研习。因此，应鼓励高校音乐教师不拘泥于现有的课堂音乐教材，要勇于创新课堂形式，将优秀的传统音乐带给更多学生，并通过院校的课堂将影响进一步扩大，更好地服务于社会。

（四）旅游业传承要去商业化

在我国的音乐传统中，歌舞时常不分家，具有较高的观赏价值。旅游产业从业者以自然景观、人文景观与传统音乐相结合的思路发展当地旅游业，能给当地经济带来巨大的发展空间。

目前，旅游业对传统民间音乐的保护初见成效，但若就此认定旅游业可使传统音乐得以保存，则放大了商业在传统音乐保护中的作用。因为，大多商家对传统音乐的赞助均抱有一定的商业目的，商人在对传统音乐保护的同时亦可能正在以商业手段改变着传统音乐艺术。同时，尚未完善的旅游体制对传统音乐的良性发展提出了挑战。改革开放以来，来自西方优秀的、不良的音乐文化泥沙俱下，我们必须批判地吸收，处处警惕和防止西方不良音乐文化对我国传统音乐文化的侵蚀和影响。

结 语

五千年来，中华民族优秀的传统音乐世代相传，形成了中华民族的精神宝库。她不仅是中国宝贵的音乐文化财富，也是世界音乐文化财富的重要组成部分，更是我们民族文化自信的源泉。

笔者呼吁应给予传统音乐更多的支持和关怀，更加理性地把握传统音乐的文化精髓，以新的观念不断为传统音乐未来的发展注入新的活力，以此推动中国优秀传统音乐的传承与发展。

参考文献

[1] 杜亚雄 . "传统音乐"与"音乐传统" [J]. 浙江艺术职业学院学报，2016，14（1）：70-74.

[2] 冯光钰 . 非物质文化遗产的保护与中国传统音乐的传承[J]. 乐府新声（沈阳音乐学报），2006（2）：36-41+2.

[3] 李亚萍 . 刍议中国传统音乐在当代的传承 [J]. 四川戏剧，

2008（2）：104-105.

[4]王玫.文化转型期青海少数民族传统音乐的保护及传承[J].民族论坛，2008（8）：40-41.

[5]王文韬.少数民族传统音乐文化可持续发展的理论与对策[J].中国音乐，2006（3）：138-142.

[6]周青青.我对传统音乐的认识和思考[J].音乐研究，2006（1）：16-17.

曹风古韵 琴筝和鸣 ——以郓城县武安镇山东琴书为例

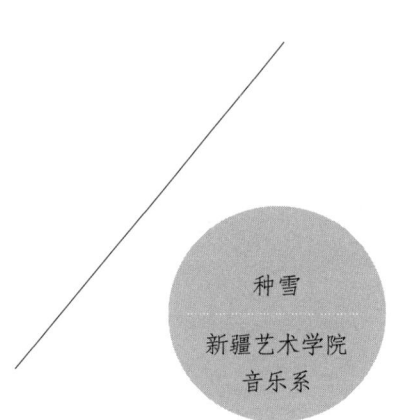

种雪

新疆艺术学院
音乐系

种雪，女，新疆艺术学院音乐系硕士研究生

摘　要

　　山东琴书有着两百多年的历史，鲁西南是琴筝清曲的发源地，处于鲁西南地区的郓城，琴书极具特色，经过几百年的融合渗透，已成为该地区人民生活的一部分。本文从山东琴书的发展过程、音乐的风格特点，以及伴奏乐器等几方面进行梳理，并对琴书的传承与发展提出自己的思考。

关键词

山东琴书；乡土气息；乐器

　　武国栋曾在《中国民族音乐》一书中写道："世界上没有凝固不变的文化，也没有凝固不变的音乐。"山东琴书的发展，经历了从琴筝清曲到文人撰述，再到撂地说书，在这一过程当中，撂地说书发展成两种不同的民间音乐形式，一种为菏泽弦索乐，另一种便是南路的山东琴书。

一、发展过程

　　鲁西南地区地处黄河冲积平原，呈现一种开放型地理环境。早在明清时期，就有运航河道由此经过，京杭大运河不仅为沿线城市提供了交通上的便利，而且带来经济、艺术、文化的交流、融合与发展，丰富了沿线各地区的文化生活。山东曲艺中的许多曲牌，就来源于江浙地区的明清俗曲，如平调中的〔玉蛾郎〕、俚曲中的〔满江红〕、山东琴书中的〔凤阳歌〕等。山东琴书凭借得天独厚的地理文化优势，融合、借鉴儒家文化的内涵和丰富多彩的曲艺品种，获得了广泛的发展及丰硕的传播成果。

山东琴书最早以唱为主，起初是文人雅士自娱自乐，将当时流行的明清俗曲、曲牌连缀演唱，伴以古琴、古筝等丝弦乐器，这种表演形式在当时称为"琴筝清曲"。这时的山东琴书，旋律优美，风格典雅，带有雅文化的符号意义，也因此影响了琴筝清曲在民间的流传。

后来文人对琴筝清曲进行进一步加工，将传奇剧本、民间故事等移植编创，对曲牌连缀的演唱方式加以规范，丰富乐队配置，加入坠胡、软弓胡等乐器，使其逐渐具有曲艺的基本形态特征。由于增强了故事的趣味性和丰富性，琴筝清曲逐渐在民间普及，受到了百姓的认可并被广泛传唱。雅文化与民俗文化相互渗透，音乐风格变得诙谐幽默、热情洋溢，为山东琴书日后的传播奠定了基础。

在民间传播的过程中，由于曲牌的格律和种类较为复杂烦琐，通常在演出时进行简化，演出一般在民间的赛会、集会、农闲时节，这种演出形式被当地人亲切地称为"庄稼耍"。

在这个发展过程中，都是以唱为主，且以民间故事为创作题材，作品规模比较大，代表剧目有《白蛇传》等，作品更加注重文学性和音乐性，统称为"小曲子"。这一时期，"小曲子"的曲艺形式在鲁西南的农村地区得以确立。

后来由于自然灾害频发，许多百姓选择下海说书。参与者身份的转换，使音乐风格发生了巨大改变。此时的音乐形式以"说"为主，题材更加贴近百姓生活，唱词更加口语化，叙事性增强，原本格律严谨的曲牌受到搁置，演唱者更多地选用〔凤阳歌〕和〔垛子板〕为主要曲牌进行创作。这一时期的音乐曲牌出现板腔化，不仅速度发生变化，拖腔也变得更长，这是雅文化与民间文化的碰撞，风格独特。

这一时期的山东琴书称为"唱扬琴""打扬琴"，表演形式日趋完善，代表作品也是琳琅满目，涌现出一大批琴书艺人，为日后山东琴书走向更广阔的舞台打下了坚实的基础。

二、艺术特征

菏泽地处鲁西南地区，受地理位置的影响，该地区的方言具有南北融合的特点，既有北方的粗犷又有南方的婉约，既有北方的豪爽又有南方的柔美，这种"过渡性"方言运用到琴书中，使当地琴书的唱腔更加鲜活，极具地域特色，乡土气息十分浓郁。郓城武安镇地区的琴书与南路琴书有许多相同之处，如内容的叙述性较强，似说似唱；曲调结构灵活多变，乐汇依照唱词的特点，较为多样；对于传统曲牌的继承，较为规范。南路琴书的旋法较为简单、短小，常见的多为一字一音或一字双音，先演唱后伴奏，有自己固定的风格特点，为增强音乐的幽默性，在润腔上常采用下滑音和颤音等技法，体现了该地区人民热情好客、泼辣豪爽的性情。

早在两百多年前，山东琴书的早期艺术形式"小曲子"诞生，随着不同社会意识形态的变迁，山东琴书的作品不仅保留了传统文化，而且其所表达的文化内涵随着社会意识形态的改变，也在不断地发生变化，推陈出新，以其独特的艺术方式、新颖的艺术视角，记录并展现着五彩斑斓的大千世界。所以山东琴书具有唱词格律多变、幽默俏皮的艺术特点。

"小曲子"的三个阶段，经历了由文人墨客过渡到民间百姓的过程。在这一流变过程中，文人雅士的参与使山东琴书的诗词格律具有浓厚的文学色彩，如〔恋春香〕"夜雨孤灯，晓风残梦，不禁泪滴愁生，好似云中孤鹤随处飞鸣"。山东琴书的早期形式为曲牌连缀体，结构较为严谨，在后来的发展过程中，为了适应百姓的需要，逐渐以〔凤阳歌〕和〔垛子板〕为主要曲牌，其句式结构一般为七字或十字的上下句。如〔凤阳歌〕"正儿三月桃花红，四五六月火夹生。七八九月金风起，十冬腊月冷成冰"。另外，山东琴书作为口头表演艺术，因受到语言习惯、表演风格、表达内容、受众群体等方面因素影响，在诗词格律上并非完全按照以上格律进行。规矩之外的格律，运用形式灵活，存在数量众多，有些朗朗上口，有些逗趣讨喜，对突出人物形象与烘托情节氛围都做出了很大的贡献。

　　山东琴书盛行于乡村，所表达的内容必然要与百姓生活联系在一起，故事内容贴近百姓生活，符合大众的审美情趣。主要表现在两个方面。

　　第一，一部分音乐作品表现人民的日常生活。山东琴书不论是在小曲子时期还是在撂地说书阶段，其主要目的都是娱乐。由于面对的受众群体主要是乡村百姓，受教育程度普遍不高，演唱时一般采用当地方言，且演唱内容多通俗易懂。代表曲目有《三打四劝》《小姑贤》《金钱记》等。

　　第二，唱词的高度口语化。如《罗鞋记》中，状元何文秀为了打探妻子下落，扮作算命先生沿街吆喝，引来百姓围观，场面甚是热闹："……霎时挤个乱腾腾。挤得个胖子直着喘，挤得个瘦子骨头疼。挤得瞎子白瞪眼，挤得瘸子站不宁。挤得哑巴干张嘴，挤得小孩放悲声。那边过来个罗锅腰，把他挤到正当中。后边过来个冒失鬼，朝着罗锅猛一拥。就听咯噔一声响，把个罗锅挤得直挺挺。众人一见哈哈笑，治好罗锅没花铜。"

　　琴书艺人下海是生活所迫，竞争压力特别大，为吸引听众，维持生计，他们经常使用幽默俏皮的语言，生动地刻画人物形象，将故事情节巧妙地串联在一起，增强竞争力。另外，幽默诙谐的故事可以减轻百姓辛苦忙碌的疲惫感。

山东琴书牢牢把握传播受众的审美观念，它善于表现乡村生活，使用高度口语化的脚本生动地传达着乡音乡情。源于生活是山东琴书经久不衰的保障，也是曲艺艺术永葆生命力的必备条件。山东琴书幽默俏皮的艺术特色获得听众的欢心，释放着人们内心的压力，这也是它以人为本的具体表现。

手抄曲牌工尺谱

上图展示的是郓城县武安镇张大爷收藏的手抄版曲牌，记谱方法采用工尺谱，图片展示的只是其中一部分，整本笔记记录了扬琴、古筝、弦子曲曲牌，包括〔凤阳歌〕〔小八板〕〔红娘巧辩〕〔六字开门〕〔汉口垛〕〔剪靛花〕〔叠断桥〕〔上河调〕等；
歌曲《东方红》《三大纪律》《社会主义好》等；琴曲《碰八板》
等；筝曲《汉宫秋月》《美女思乡》《莺啭黄鹂》《风摆翠竹》《凤
阳歌》《红娘巧辩》《尺字开门》等，共计 28 首。

三、郓城县武安镇琴书中所用的乐器

南路山东琴书的主要伴奏乐器有扬琴、古筝、软弓胡、坠琴、
檀板等。其演出形式一般是扬琴居中，演唱者右手执檀板，左手
敲扬琴，曲胡、坠琴、琵琶置左，软弓胡、古筝在右，整体为扇形。
伴奏时，扬琴以节奏化的简单旋律随腔演奏，坠琴则是主旋律加
花变奏，其特点是接腔送韵而不是随腔伴奏，在间奏中着力发挥
以烘托气氛。古筝演奏则偏重于中低音区的勾搭、高音区的刮奏，
并且协调各声部音响。

琴书中的扬琴比普通扬琴小，这架扬琴一个码上三根弦，现

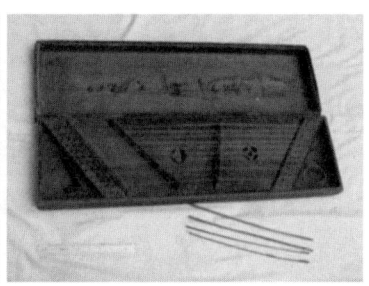

山东琴书伴奏乐器——扬琴

在琴书中的扬琴，经过改良后，一个码上四根弦。琴体长80厘米，宽24厘米，厚度为9厘米，11组27根弦，梯形部分上沿长49厘米，下沿长76.5厘米，斜边为25.5厘米，高21厘米，琴枕高度3厘米，琴厚3.5厘米，琴锤35厘米，有弧度。

山东琴书伴奏乐器——古筝

上图展示的古筝长160厘米，右侧宽27厘米，厚9厘米，左侧宽 30 厘米，厚 12 厘米，16 根弦。演奏时，不用义甲。古筝从一开始作为一件独立演奏的乐器，到后来成为琴书的重要伴奏乐器，吸收琴书的精华不断补给养料，再到最后成为独立筝派——山东筝派，琴书对其影响不言而喻。古筝在琴书中作为重要的伴奏乐器，主要演绎唱腔、过门。

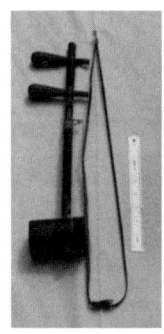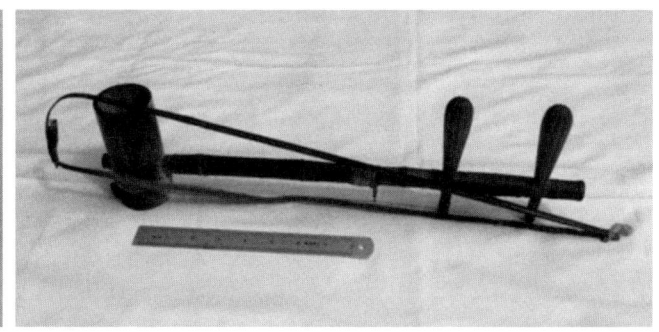

山东琴书伴奏乐器——软弓胡

软弓胡由弦轴、琴杆、琴筒、千斤、琴弦、琴弓等物件组成，软弓胡身长 47 厘米，筒长 12 厘米，直径为 5 厘米，弦与杆的距离为 4 厘米，总弦长 39 厘米，有效弦长 23 厘米，弓长 55 厘米，弓弧 9 厘米。左右手的演奏技法独具特色，演奏者根据软弓的自身特点模拟鸟鸣，生动形象。软弓胡在琴书中作为高音乐器一般演奏旋律唱腔和过门，演奏技法主要有滑音、顿弓、抛弓、飞弓等。

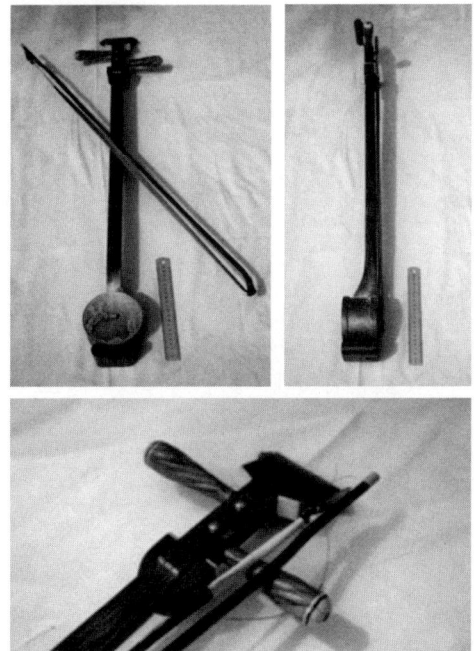

山东琴书伴奏乐器——坠琴

坠琴身长90厘米，共鸣箱直径11厘米，弓长85厘米。坠琴的前身是小三弦，因为拉弦乐器更容易与人声配合，遂形成坠琴。坠琴的音色比较明亮，音高相对较高，音色比较清脆。

山东琴书伴奏乐器——檀板与拍板

檀板（上左图）长 27 厘米，宽 6 - 6.5 厘米，双板；拍板（上右图）长 25.5 厘米，前宽 6 厘米，后宽 5 厘米，厚度 1 厘米，三个板。演唱者右手敲扬琴，左手打檀板或拍板，演奏时，板发出当当的声音。

俗话说"十里不同音，百里不同俗"，琴书在不同地区、不同时期的发展形成的风格也不尽相同。本文所举的例子仅限郓城武安镇一带，不能代表所有琴书的形制和称谓。

结　语

　　山东琴书历经清末民初的辉煌与近百年的风风雨雨，命运坎坷。正如黄翔鹏所说："人类文化中音乐传统的大河永远未曾停止流动，即使有时遭到了污染，也随即会有万壑奔泉融汇为荡涤垢滓的力量。"时至今日，山东琴书仍活跃在人们的视野里，这证明了山东琴书具有强大的生命力。它的曲目内容赞扬家庭的和谐与美满，鼓励打破封建迷信，表现美德，揭露罪恶；它的音乐属曲牌体，旋律似说似唱，依字行腔，在一代又一代琴书艺人的吟诵和提炼中，形成了以〔凤阳歌〕和〔垛子板〕为主的艺术形式。在相对固定的模式框架下，曲牌体逐渐板腔化，加之使用重复、过门、延伸等发展手法，配上当地方言，逐渐衍生出不同的分支和流派。笔者长期受齐鲁文化的影响，对山东琴书有着天然的亲切和热爱，每每听到音乐中那不经意流露出的方言，总能激起深埋在内心的怀旧之情。

　　2006 年 5 月 20 日，山东琴书经国务院批准列入第一批国家级非物质文化遗产名录，具有深厚的研究价值。也许是历史的馈赠过于丰厚，我们习惯了坐享其成，便不懂得珍惜，山东琴书已不可能恢复昔日的辉煌，将其延续保存才是当务之急。我们总认为物质财富很难获取，但其实精神财富更难坚守。

山东琴书融汇了一代又一代人民的审美观念和思维方式，是传统文化积淀与民族精神徜徉的体现。

参考文献

[1] 黄翔鹏 . 传统是一条河流 [M]. 北京 : 人民音乐出版社，1990.

[2] 江明惇 . 中国民族音乐欣赏 [M]. 北京 : 高等教育出版社，1994.

[3] 刘晓静 . 明清俗曲文献与社会生活研究 [D]. 复旦大学，2014.

[4] 伍国栋 . 民族音乐学概论 [M]. 北京 : 人民音乐出版社，1997.

[5]辛力.山东琴书曲牌音乐的结构形态[J],齐鲁艺苑，1986（3）:44-46+49.

[6]"中国曲艺音乐集成"全国编辑委员会，"中国曲艺音乐集成·山东卷"编辑委员会.中国曲艺音乐集成·山东卷[M].北京:中国 ISBN 中心，1998.

[7]张婷.山东琴书的娱乐、教育、再生功能探析[J].戏剧丛刊，2010(4):43-44.

[8]张军，郭学东.山东曲艺史[M].济南:山东文艺出版社，1997.

[9]张俪琼.论山东琴书古筝伴奏之主要方法及功能特点[J].菏泽学院学报，2008（4）:126-134.

菏泽弦索乐新发展之探究

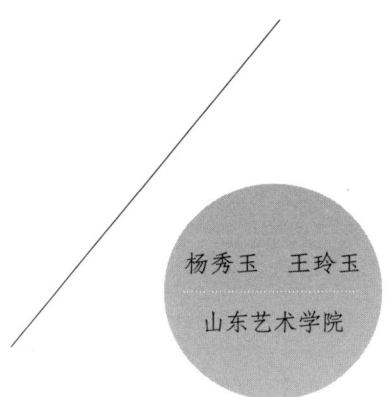

杨秀玉　王玲玉

山东艺术学院

杨秀玉，女，山东艺术学院教授

王玲玉，女，山东艺术学院 2018 级硕士研究生

摘　要

菏泽弦索乐作为山东省鲁西南地区历史悠久的传统民间器乐，于2011年5月入选国家级非物质文化遗产名录，一些高等音乐艺术院校将其选入教材。在国家艺术科研重点项目《中国民族民间器乐曲集成·山东卷》收录的4首弦索乐曲中，有3首就是菏泽的弦索乐曲。作为来自民间的传统音乐，其历史脉络及艺术内容都有很高的学术及研究价值。

关键词

菏泽弦索乐；弦索乐历史；传承与发展

　　弦索乐，在山东菏泽郓城、鄄城一带流传已久，又称为"丝弦"，以拉弦、弹弦、打弦乐器组合演奏，也包括一部分击节乐器。

一、菏泽弦索乐的流布区域

　　菏泽，古称曹州，位于山东省西南部，地处山东、江苏、安徽、河南四省交界，邻近齐鲁文化中心——曲阜，北倚黄河，东靠京杭大运河，地势平坦，气候适宜，水系发达，是通往中原地区的交通要道。这些得天独厚的条件，使菏泽成为山东农业文明的发祥地之一，文化底蕴根基深厚，艺术形式丰富多样。菏泽素有"曲山书海"的佳誉，山东琴书、山东花鼓、山东落子等说唱音乐形式深受群众的喜爱和青睐。菏泽不仅孕育了众多富有本地特色的剧种，如山东梆子、大平调、柳子戏等，同时还积极容纳外来剧种，使之与本地剧种和谐共存，从外省流传到此的豫剧、京剧、评剧得到了普遍的欢迎，是名副其实的"戏曲之乡"。此外，戏曲声腔系统如梆子腔、弦索腔、本土腔（说唱类），为戏曲伴奏的音乐伴奏形式如历史鲁西南鼓吹乐、山东筝乐、弦索乐等，也得到了不俗的发展。

二、菏泽弦索乐的历史渊源

（一）弦索

弦索最早指的是乐器上的弦。历史上对弦索一词的记载有很多，如唐代元稹的《连昌宫词》写道："夜半月高弦索鸣，贺老琵琶定场屋。"金元以来，弦索成为琵琶、三弦等各种弦乐器的泛称，并逐步发展成为用几种弹弦和拉弦乐器合奏的音乐，成为中国传统器乐体裁的一种。这种组合形式最早见于宋元戏曲、曲艺的伴奏。金董解元的诸宫调《西厢记》，相传就是用几件弦乐器伴奏的，故有"弦索西厢"之称。元代夏庭芝的《青楼集》

中曾记载："陈婆惜：善弹唱，声遏行云……在弦索中，能弹唱鞑靼曲者，南北十人而已。"

明清时期，戏曲论著中出现了以弦索为"北曲"的代称和作为戏曲音乐伴奏的含义。从明代"北曲"相关文字记载来看，主要伴奏乐器为笛子、鼓、板，而琵琶、三弦等弹拨乐器，亦是非常重要。明人研究"北曲"艺术特点，一般都会提到弦索。明代沈宠绥的《度曲须知》中《弦律存亡》篇肯定了弦索是"北曲"必不可少的伴奏乐器，并进一步提出弦索对"北曲"音乐及曲律的重要影响。"北必和入弦索，曲文少不协律，则与弦音相左，故词人凛凛遵其型范。"魏良辅《曲律》中有："北曲以遒劲为主，南曲以婉转为主，各有不同，至于北曲之弦索，南曲之鼓板，犹方圆之必资于规矩，其归重一也……北曲与南曲，大相悬绝，有磨调、弦索调之分。"魏良辅将"北曲"、弦索与南曲、鼓板相比较，反映了弦索在"北曲"伴奏中的重要地位。明代戏曲学家研究普遍认为弦索对"北曲"演唱，起到对快慢、强弱的约束作用，使其"轻重疾徐不致差错"。

　　独立的弦索乐，初见于清代蒙古族文人荣斋的《弦索备考》（1814 年抄本）。该书收录乐曲 13 套，所用乐器有胡琴、琵琶、弦子（三弦）、筝，共 4 件。近现代民间流行的弦索乐，主要有山东的"碰八板"、河南"板头曲"、潮州"汉乐"的"清乐"等。弦索乐的乐曲，大多由 68 板组成的短小乐曲，只有少数是比较大的套曲。弦索乐多在室内演奏，风格优美抒情，节奏严密有致，每件乐器都有自己独立演奏的特色，各乐器间的进退层次分明、主次有序。

　　（二）菏泽弦索乐

　　自宋代以来，中原和山东地区一直流传着《木兰花慢》《锁南枝》《山坡羊》《驻云飞》等大量的俗曲小令，多以弦索伴奏，因此称为"弦索调"，在流传过程中，逐步发展成大弦子戏、柳子戏等地方戏曲以及山东琴书、临清时调等曲艺说唱。随着这些演出的兴盛，乐手经常聚集演奏，切磋技艺，自娱自乐，伴奏乐器的演奏水平得到极大提高，逐渐形成了弦索乐这一民间乐种形式。后来，弦索乐逐渐从曲艺伴奏中脱离出来，以弹拨乐器和拉弦乐器合奏的形式出现，常在农闲及过节的时候在市集、广场、庙会演出。明清时期的菏泽弦索乐，于元明诸宫调的基础上，融合了古琴、古筝，后被称为"琴筝清曲"，风格典雅，在菏泽地区广为流传。

到 20 世纪中期，在山东民间流行的弦索乐，形成了两种主要的形式，一种是"打场曲"，另一种就是流行于菏泽地区的"碰八板"。"碰八板"又称"对八板"，具体产生年代虽没有书面记载，但据当地老艺人讲，清末时，"碰八板"演奏谱已有流传。其乐器组合自由灵活，演出时可视情况而定，通常有筝、扬琴、琵琶、如意勾、坠琴、擂琴等丝弦乐器进行合奏，有时只有筝、扬琴合奏，或是筝与扬琴、琵琶合奏，亦有加入软弓二胡、坠胡等合奏的形式。由筝、扬琴、琵琶、如意勾组合演奏的"碰八板"，以"八板"为主题，各自进行变化，形成四个独立的声部，形成复调关系。一般由四个"八板"的变体曲调组成，速度由快到慢，即大板第一（也作"大板"，为大慢板部分）、大板第二（也作"二板"，慢板部分）、大板第三（也作"三板"，中板部分）、大板第四（也作"四板"，快板部分）。艺人还会根据演奏场景，即兴加花使曲调更为流畅生动。"碰八板"经过艺人不断地改进，逐渐形成了具有本土民俗特色的乐种，成为中国传统器乐体裁。

三、菏泽弦索乐的传承与发展

（一）菏泽弦索乐的传承

菏泽弦索乐第五代传承人张心善、张孝伦等老人，生于 20 世纪 30 年代，因家族传承自幼学习扬琴、筝、坠琴等，掌握了大量古老的弦索乐套曲和琴书曲牌，善于把握音乐的内涵及传统乐曲的演奏风格。他们曾多次参加省、市、县文艺会演并获奖，还积极整理大量手抄本的工尺谱，收集濒临失传的乐器，带徒授艺，为传承菏泽索弦乐做出了应有的贡献。

另外，在菏泽郓城北王楼村的王乐涌、王乐盼兄弟，善弹筝、敲扬琴、拉胡琴。据统计，近代比较有名的弦索艺人有黎邦荣、张念胜、张为亨、张为台、樊西雨、张为昭、黎连俊、黄怀德等，他们都为弦索乐的发展做出了贡献。

（二）菏泽弦索乐发展中存在的问题

菏泽弦索乐的传承，与许多民间音乐一样，多采用家族传承模式和师徒"口传心授"的方式。传统的传承模式，优点在于可以保持菏泽弦索乐的本土风情，传承人从小耳濡目染，又得亲人、师父经常提点，不会走歪路，使乐曲失了传统的味道；缺点是缺乏对曲谱、演奏技艺的资料保存、整理观念，以及教育方法不科学，使弦索乐难以进行普及教育，而且"口传心授"需要老师的悉心提点，需要花费大量的时间和精力，弦索乐传承本就面临传承人年纪过大、师资匮乏等严峻的考验，这些问题使困难更加凸显出来。一方面，一些颇有造诣的弦索艺人年事已高，致使很多优秀的传统曲目和技艺难以得到传承，大量的曲谱没有了踪迹，某些乐器失传，如"如意勾"因为音量太小，逐渐被淘汰。另一方面，由于缺少科学系统的教学方法，许多精妙技法、起承转合都无法在乐谱上体现，导致弦索乐的传承群体缺失严重。

现有的菏泽弦索乐团，多为非营利团体和民营团体，虽然有关部门越来越重视，有意对其培养扶植，但政府给予的补贴对于维持乐团基本运营来说是杯水车薪。传统作品、新作品的编创，人才的引进，排练场地、设备，演出服装、交通、住宿，等等，都需要资金支撑。由于专业演员匮乏，人才流动性大，引进的新人才只能兼学多种乐器，以备不时之需。坚守在乡村舞台上的弦索乐艺人多为老人，但乐团在外演出漂泊不定，对老人来说，身体吃不消，这也是一个重要问题。

随着社会经济的不断发展，电声乐器现代感的音响、律动，简单上口的旋律，强烈动感的节奏给人以直接的感官冲击，导致弦索乐在广大乡村的展示平台日益减少，民间传统音乐文化的市场萎缩。网络时代的来临使人们的生活方式、审美标准发生改变，年轻人没有足够的时间和精力从事传统艺术活动，诸多因素制约了菏泽弦索乐的发展。

（三）菏泽弦索乐的新发展

张旭东在《全球化时代的文化认同》中写道："所谓回到传

统，不是回到那个文本、那个规范，而是重建自身历史的连续性，同时重建讨论自身历史的知识和价值框架的连续性。回到传统不是往后走，而是往前走，是确立本民族的当代意义上的文化政治意识的努力。"

近年来菏泽弦索乐的发展引起了广泛关注，出现了许多根据民间音乐素材创作的新作品，如《乡音和鸣》《戏韵》等。根据资料，新作品《乡音和鸣》是一首由苏本栋[①]整理改编的民间乐曲，它由菏泽传统曲牌（演奏、演唱的曲牌）〔碰八板〕〔花轿行〕〔叠断桥〕〔上河调〕〔琴韵翠竹〕〔夜静銮铃〕连缀组成，各种乐器相互

---

① 苏本栋，山东郓城人，山东省菏泽弦索乐非遗传承人，国家一级作曲。菏泽市原戏剧院院长，菏泽市艺术研究所所长，现为琴筝清曲古乐社艺术总监，菏泽市曲艺家协会主席，菏泽市戏剧家协会副主席，菏泽学院客座教授。多部作品获奖：1981 年，山东琴书《大林还家》获文化部编曲一等奖；1994 年，枣梆《生儿容易养儿难》获文化部优秀音乐设计奖；2004 年，山东梆子《山东汉子》获第七届中国艺术节文华音乐创作奖、第八届山东文化艺术节作曲一等奖；2013 年，弦索乐《乡音和鸣》获第十届中国艺术节群星奖优秀演奏奖，弦索乐组合获中国民族器乐民间乐种组合展演一等奖；2016 年，应邀参加第十一届中国艺术节，《碰八板》等曲目获文化部展演奖。近几年来，带领乐社团队，多次应邀在中国音乐学院、西安音乐学院、四川音乐学院、浙江音乐学院等高校进行专场交流演出，受到师生的广泛好评。

配合，旋律交织，受大众的欢迎，是第十届中国艺术节的重点节目，并被山东省文化厅报送文化部，得到专家的一致好评。

作为非物质文化遗产的菏泽弦索乐，是民间艺术的瑰宝，新一辈的音乐学者及爱好者需要主动肩负起将其发扬光大的使命。菏泽学院的音乐与舞蹈学院将地方传统音乐艺术加入教学课程中，通过开设地方戏曲音乐课程、请弦索乐专家举办讲座、成立弦索乐团等活动，不仅传播了弦索乐这一独具特色的地方艺术形式，也增强了学生对传统音乐的兴趣，弥补了在高校进行地方传统音乐艺术教育的空白。

四、对菏泽弦索乐发展的思考

传统艺术的继承与发展需要各界的共同推动，福建南音的普及做法值得借鉴。自 20 世纪 90 年代，福建南音进入中小学校园，学校每年举行演唱、演奏比赛，至今已举办了二十几届。除了传统曲目，学生还自编自创节目，大大提高了同龄人对传统文化的兴趣。此外，泉州师院、泉州艺校招收南音专业学生，有效地开辟了传承新渠道。

笔者建议：一方面让菏泽弦索乐走进中小学校园，从娃娃的艺术启蒙教育抓起；另一方面，作为以传承传统文化为职责、以发展创新为目标的高等院校，依托学校成熟的乐团、科学的培育空间，解决传统艺术继承的问题。年轻学生的参与，可以使历史悠久的菏泽弦索乐焕发生机。此外，学校应注重对外艺术交流，开启艺术创作之门，培育受众群体，进一步提高新一代青年对中国民间传统音乐的认识。

山东艺术学院是山东省唯一的综合性艺术高校，是山东省人民政府与中华人民共和国文化和旅游部共建高校，承担着传承和弘扬传统音乐文化的责任。山东艺术学院的"音乐学"是山东省特色重点学科，并设有4个省级研究、培养基地[1]，是原文化部

---

[1] 音乐文化研究基地、非物质文化遗产研究基地、"山东秧歌"山东省优秀传统文化传承基地、齐鲁传统音乐传承研究基地。

首批中国非物质文化遗产传承人群研修、研习培训计划院校之一，2015 年至今，山东艺术学院已经顺利完成了多期非遗传承人群培训班。

山东艺术学院作为山东省"齐鲁传统音乐研究基地"，师资力量雄厚，教学、科研和培训经验丰富，音乐学院民乐系为山东省重点学科单位，其中琵琶、柳琴、笛子、笙四个学科的任课教师，分别担任国家级专业学会的副会长。学校积极提倡现代专业教学课程与传统音乐有效结合，探索将菏泽弦索乐等地方音乐引入课堂教学。

山东艺术学院泉韵女子弹拨乐团是一支以传统弹拨乐器编制为依托，形制多样，演奏多元，力求中西合璧、古今贯通，追求沉静优雅与博广恢宏之美，集古典韵味和现代气息于一体的民族乐团，也是一个具有独特中国元素的表演组合。乐团成员由山东艺术学院音乐学院中国乐器演奏专业的研究生与本科生组成，演员演奏技法精湛，具有较高的艺术修养。乐团在演奏方法和演奏形式上有所突破与创新，创作出一大批优秀的音乐作品，既有对传统民族音乐的继承，又有对现代流行音乐的创新，完美演绎了不同风格的音乐作品，给予观众听觉、视觉的完美享受。泉韵女子弹拨乐团在发展壮大的同时，主动承担服务社会和文化交流的重任，深受广大群众的欢迎，反响强烈。三年来先后赴中国台湾台北音乐厅、韩国又松大学、韩国汉阳大学进行学术交流与演出，获得巨大成功，并且在全国性大赛中取得了优异的成绩，为山东地方民族器乐合奏和传统音乐艺术的宣传做出了不俗的贡献。

近年来，民族室内乐成为现代民族器乐合奏的一种重要形式，"民族室内乐"是从西方的音乐概念中借用而来的一种体裁名称，它以由专业作曲家参与、具有专业性质的创作为主要特征，区别于民间合奏乐曲的集体创作方式，以融合中国传统小型合奏乐和西方作曲的各种表现手段及技法，区别于以简单的单声旋律为主要创作手法、演奏过程相对即兴的传统器乐合奏。泉韵好弹拨乐团有众多代表作，其中以传统音乐元素创作的优秀作品，经过演出推广后，深受大众喜爱，并获得专家的认可。以山东地方代表性风格音调作为音乐核心动机的《鲁腔》，改编自山东快书、借用山东快书的说唱节奏和山东地方民间音乐创作而成的《武松打虎》，取材于柳子戏传统曲牌的《柳风》等，这些作品选取菏泽弦索乐富有传统风情的音乐元素，由经验丰富的专业作曲老师编配改编，使菏泽弦索乐既保持菏泽本土地方特色，又拓宽了乐曲框架，传统与现代碰撞出新的火花，是高质量、高水准的音乐作品。

冼星海曾说："凡一切与民歌有关的曲调，如大鼓、弹词、梆子等等，我们都应当重视，因为它们是互相关联的东西，是大众最接近的东西。就大众艺术来讲，许多人以为李白、杜甫、白居易的作品都是民间的，而且是很重感情和主观的，很重内容理论和自然的。但是，要更深刻地研究民间艺术，不是从几个文人那里得来，而是从民间的艺术家那里学习。"创新不是使乐曲面目全非，是要扎根民间沃土，学习和汲取传统民间艺术丰富的养料，请教弦索乐优秀的艺人、专家，挖掘、整理、研究弦索乐的各种资料，邀请有关领域的专家、学者、弦索乐优秀传承人共同参与研究、创作。这样做不仅可以让菏泽弦索乐更好地发展，还可以为音乐院校民族民间音乐科目的教学，尤其是涉及非物质文化遗产的教学内容，提供有效的补充。

结　语

　　山东的文化艺术形式多样化，近年来越来越多的民间音乐形式被挖掘式保护，并先后被列为非物质文化遗产。但这不是终点，而是对传统艺术做好保护与传承之路的起点。菏泽弦索乐的发展与创新离不开政府相关部门、音乐爱好者、专业院校的支持和推动，作为齐鲁音乐艺术的学子，更应该深入研究菏泽弦索乐，将这一山东传统艺术发扬光大。

参考文献

[1]陈万鼐.《〈清史稿·乐志〉研究》[M].北京：人民出版

社，2010.

[2]蔡文娟，李沐.专访菏泽参评群星奖剧目《乡音和鸣》编曲——苏本栋[EB/OL].http://www.heze.iqilu.com/hzminsheng/2013/0918/1671043.shtml，2013-09-18.

[3]段文.山东菏泽弦索乐传承模式研究[J].北方音乐，2018(9):92-95.

[4]傅利民.弦索乐配器研究[J].音乐艺术·上海音乐学院校报，2005(3):25-35+6.

[5]海震.戏曲音乐史[M].北京：文化艺术出版社，2003.

[6]纪根垠.柳子戏简史[M].北京：中国戏剧出版社，1988.

[7]李靖.弦索乐：从民间庙会走向国家级舞台[EB/OL].http://www.heze.cn/news/2013-06-04/content_181778.htm,2013-06-04.

[8]李砚.菏泽地方戏曲音乐地理研究[M].北京：文化艺术出版社，2016.

[9]王希彦.山东民间器乐概论[M].济南：山东文艺出版社，2004.

[10]吴钊，刘东升.中国音乐史略[M].北京：人民音乐出版

社，1993.

[11] 余从 . 戏曲声腔剧种研究 [M]. 北京：人民音乐出版社，1990.

[12] 叶栋 . 民族器乐的体裁与形式 [M]. 上海：上海文艺出版社，1983.

[13] 杨荫浏 . 中国古代音乐史稿 [M]. 北京：人民音乐出版社，1981.

[14] 中国大百科全书 . 音乐舞蹈卷 [M]. 北京：中国大百科全书出版社，1989.

[15] 张品 . "弦索乐"体系的历史溯源及《弦索备考》学理价值探微 [J]. 歌海，2014(4)：40-47.

[16] 张旭东 . 全球化时代的文化认同 [M]. 北京：北京大学出版社，2005.

[17] 朱正昌 . 齐鲁特色文化丛书·音乐 [M]. 济南：山东友谊出版社，2004.

走出传统的周村芯子锣鼓队

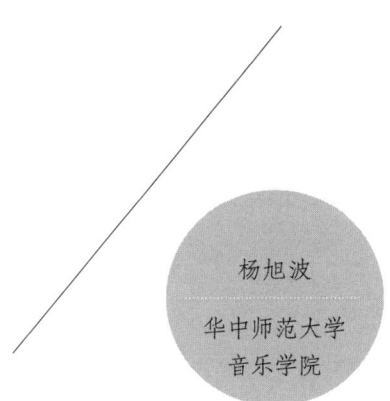

杨旭波

华中师范大学
音乐学院

杨旭波，女，华中师范大学音乐学院硕士研究生

摘　要

"芯子"是周村的一种"活态文化"，对其进行深入研究，一方面有利于促进其自身的创新发展，另一方面可以凸显其文化意义，阐释其在现代生活中的功能转变。本文以周村芯子的锣鼓队为例，在介绍其乐队编制及乐器、乐队表演方式、演奏曲目的基础上，探讨周村芯子锣鼓队女演员为表演主体这一创新看点，以此为基础分析当今周村芯子力图"走出传统"的发展趋势。

关键词

周村芯子；锣鼓队；女性演员；突破传统

　　锣鼓音乐是我国民间最为重要的传统音乐之一，它一直伴随着我国劳动人民的生活，真切地表达群众日常的思想情感，深受群众喜爱。

一、何为"芯子"

　　周村芯子起源于山东淄博，是一种独特的民间表演艺术形式。是依靠底座与表演者衣内贯穿的铁棍支撑整台芯子的表演活动，因酷似蜡台上的灯芯而得名。它是明清时期周村老艺人从高跷和蜡烛灯台中得到启发，依靠发达的织机技术集体创造的。

　　每年的正月十四至正月十六，周村都会连演三天芯子。芯子的表演者一般为孩童，根据表演者人数不同可以分为一人芯子、两人芯子、三人芯子和多人芯子。芯子以历史传记、传统戏曲、神话传说、民间故事为演出脚本，再依据演出情节设计人物服装、动作、道具、妆容以及进行道具取材、人物选角等工作，整个流程涉及绘画、戏曲、手工艺、杂技、造型美学、力学等方面，具有极高的观赏性和艺术价值。芯子凝聚着周村人民群众的智慧和集体记忆，历经四百余年，经久不衰。2008 年，芯子被国务院列入首批国家级非物质文化遗产名录。

2015 年，周村爱国社区芯子表演《嫦娥奔月》

二、周村芯子的锣鼓队

芯子在表演时以鼓声锣点为伴奏，演员的身体以较小的幅度扭动并缓行。芯子锣鼓的表演方式分为移动式和阵地式两种。移动式即根据村内外道路的宽窄以及本身鼓乐队的规模排好演奏队形，配合芯子边走边敲，行至特定的表演地点时，锣鼓会跟随芯子稍稍停留，在原地进行阵地式表演，乐手在演奏中边敲边舞，锣鼓喧天，彩旗飞扬使整个场面更为欢庆热闹。

芯子的锣鼓队一般由六人组成，分别演奏大鼓、小鼓、大锣、手锣、大钹、小钹。其中小鼓音色最为清脆，是乐队中最重要的打击乐器，起到把控整场表演的行进节奏和移动速度的作用，而其他乐器则可根据乐队的规模及队形随机增加。

大鼓和小鼓的直径相似，差异主要在于鼓的高度，大鼓高度约为 40 厘米，小鼓高度约为 12 厘米。演员使用红绸拴住鼓两侧的铁环，将其挂在脖子上，便于行走时演奏。其他乐器均为手持。鼓的演奏技巧复杂多样，分别有单击、双击、轻击、重击、滚击、点击、闷击和击鼓心、击鼓帮、击鼓边、飞槌、双槌相碰等。

在对诸多民间锣鼓音乐的搜集整理中，笔者发现西安鼓乐、陕西锣鼓、临淄锣鼓等具有地方特色的鼓乐资料中都有芯子锣鼓演出的曲目，锣鼓曲的主要发展手法和基本作曲技法也都基本相同，如重复、连缀、循环、变奏、递增、递减、对偶、叠句、扩充、补充等。在曲式结构上锣鼓音乐多为联曲体、单一部曲式、再现二部曲式、再现三部曲式等，表演中常常演奏的曲牌有〔九龙翻身〕〔狮子滚绣球〕〔宜昌〕〔反宜昌〕〔凤点头〕〔急急风〕等。这些系统的创作技法为锣鼓谱的传承提供了便利，同时也体现出了锣鼓音乐从西部到东部的一脉相承，反映出了丝路文化影响下的深厚联系。

三、锣鼓队的新面貌

笔者在对周村芯子进行田野调查时，走访了73岁高龄、担任芯子表演指挥已有三十多年经验的民间老艺人——王承富。笔者发现王老师所在的和平社区，其芯子锣鼓队员全是女性，这对于过去均由男性构成的锣鼓队而言，可谓是对传统性别架构的新突破。

王老师说："一般锣鼓队都由男同志组成，当时为了改革，为了体现本地芯子的特点，所以就找了女同志。"

笔者："是从什么时间起锣鼓队改为由女同志组成的？"

王老师："已经有七八年了。"

笔者："当时锣鼓队是逐渐增加女性数量的，还是全部直接换成女性的？"

王老师："全部直接换成了女性。当时咱们一年出两台芯子，所以一台芯子的锣鼓队是由男同志组成，另一台芯子的锣鼓队是由女同志组成，形成对比，更容易突出特点。后来变成一年出一台芯子了，就留下了女同志一队。"

笔者："表演锣鼓的女性，她们在掌握乐曲的数量、难度和演奏技术上，与男性有差别吗？"

　　王老师："肯定有差别，但女同志这几年已经练习得差不多了。女同志力气普遍不如男同志大，而且一边打一边走比较累，所以她们就打得时长短些。除此之外，没有其他差别了。"

2011 年，周村和平社区芯子演出《珊瑚缘》《赠宝记》

　　由此，笔者认为大量女性演员加入周村芯子的锣鼓队且发挥主体作用，无疑是当今周村芯子走出传统的特征之一，是当今周村芯子功能转变的重要体现。

　　对于周村人来说，芯子不单是一个地方民间杂耍，而是被赋予了更多文化意义，是当地最具代表性的文化符号。对于今天的周村来说，更需要既能代表地方文化特色又能呼应现代文化、娱乐需求的艺术形式，所以"走出传统"成为固封文化发展的重要导向。而周村芯子锣鼓队女性演员的出现，就从视觉审美及表演特点方面迎和了当前的大众文化潮流。当然，锣鼓队的创新只是周村芯子走

2004年，周村爱国社区芯子表演《大染坊》

出传统的起点，近年来，周村芯子在节目剧情与人物塑造上也在不断突破、创新，努力增添其自身的时代气息。例如新编剧《大染坊》，其构思与角色设定就是以电视剧《大染坊》中清末周村商人陈寿亭的故事为背景的。电视剧中的故事被巧妙地编入芯子中，使人们在惊叹芯子技艺绝伦的同时，又进一步感受到了周村这座古商埠昔日的繁荣景象。

结　语

本文围绕周村芯子锣鼓队女演员成为表演主体这一创新举措，分析了当今周村芯子力图"走出传统"的发展趋势。岁月的涤荡与历史的变迁，为芯子增添了更多文化功能意义，架起了传统与现代的文化桥梁，芯子成为周村人民对传统文化情感记忆的表达，也成为周村作为"天下第一村"在现代社会的一张新名片。

参考文献

[1] 杨采芳 . 响器班的女人们——关于山东聊城礼俗乐班的社会性别研究 [D]. 中国艺术研究院，2010.

[2] 董雷，卢乃鑫 . 丝绸之路的文化一隅——淄博传统文化中的芯子与锣鼓艺术 [J]. 大舞台（双月号），2009(6)：142-143.

[3 王恩元 . 周村芯子 [M]. 北京：中国摄影出版社，2006.

[4] 张玉柱 . 齐鲁民间艺术通览 [M]. 济南：山东友谊出版社，1998.

鲁中南"平派"崔家鼓吹乐班调查研究

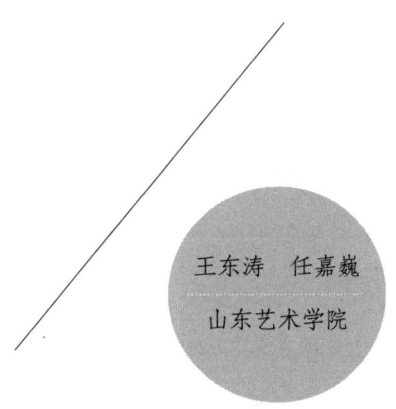

王东涛　任嘉巍

山东艺术学院

王东涛，女，山东艺术学院音乐学院音乐学系主任，副教授

任嘉巍，山东艺术学院音乐学专业本科生

摘　要

鼓吹乐是以某一件吹奏乐器如管子、唢呐、笛子为主奏乐器，配合其他管弦乐器、打击乐器所组成的民间器乐演奏形式。全国各地流传的鼓吹乐种类很多，其中，"鲁中南鼓吹乐"是山东鼓吹乐的重要组成部分。本文以收集整理大量文献资料为基础，就婚典仪式的流程及用乐对鲁中南"平派"崔家鼓吹乐班（下文简称崔家班）的崔长勇老师进行采访，并跟随记录、拍摄崔鹏先生唢呐乐班在丧礼中的活动；对滕州羊庄镇的崔家班的风格特点、乐器编制在婚典丧礼中的应用，以及乐班的传统曲目、发展现状、家族传承与生存等方面进行阐述。

关键词

鲁中南鼓吹乐；"平派"崔家班；唢呐曲目研究；婚典丧礼仪式流程

　　鼓吹乐是以某一件吹奏乐器如管子、唢呐、笛子为主奏乐器，配合其他管弦乐器、打击乐器所组成的民间器乐演奏形式。全国各地流传的鼓吹乐很多，其中"鲁中南鼓吹乐"是山东鼓吹乐的重要组成部分，是以唢呐为主奏乐器的鼓吹形式，流布于山东济宁邹城、枣庄滕州和峄城区为中心的鲁中南一带。

　　研究一种乐种一般都是先收集大量文献资料，再根据资料进行实际的田野考察。根据笔者所搜集的资料来看，研究鼓吹乐的文章有曹敏的《关于鲁西南鼓吹乐的调查研究》，王新民的《鲁南鼓吹乐的铜杆唢呐》，李小雨的《"平派"鼓吹艺术研究》，崔长勇的《枣庄地区民间唢呐艺术研究》《"平派"铜杆唢呐调性转变的时代境遇》等。虽然这些文献资料为笔者的研究方向奠定了坚实的基础，但是由于时间的流逝，大部分文章距今已有很长一段时间，所讲的内容和现在民间鼓吹乐班的现实状况有所差别。其次，鲁中南地区各地方，如滕州、峄城区、台儿庄等地的民俗情景也都有不同之处，此外，笔者发现，文章中选择调查的地区、对乐班参与礼俗仪式过程的记录、对鼓吹乐班详细介绍等方面都还有不完善的地方。由于崔怀义老先生逝世，笔者只能对其二弟崔鹏先生和其子崔长勇老师进行采访，根据崔鹏先生的口述，现在崔家班只为丧礼演出。原因有二：第一，随着时代的变迁，乡亲办婚典一般不找唢呐班子，而是找可以演奏流行音乐的乐队，因此崔家班不再以婚典的演出活动谋生。第二，目前不提倡婚礼大操大办，使得原本不景气的乐班更加难以维持。此次田野调查，笔者跟随崔家班对丧礼的仪式进行全程拍摄，之后到枣庄学院音乐学院对崔长勇老师进行采访，探究有关婚典的流程、特点、曲目等问题。

笔者在汲取和借鉴各位老师研究成果的同时，以对滕州羊庄镇崔家班的田野调查为基础，试着从多种角度来阐述鲁中南鼓吹乐班的特性，以及鲁中南鼓吹乐所面临的严峻的生存问题。文章的叙述从崔家班的风格特点、婚丧流程、乐队编制入手，延伸到乐班的传统曲目、发展现状、家族传承与生存等方面。

一、研究的目的与意义

之所以选择鼓吹乐班作为研究议题，原之有三：一是鲁中南鼓吹乐流布范围广泛，分布于十几个县镇，经过许多年的文化沉淀，拥有悠久的历史文化以及坚实的文化基础，积累了丰富的曲目和高超的表演技艺，因此具有丰富的研究价值，值得笔者去探索。二是笔者的前期研究集中在鲁中南地区，在采风方面有着一定的优势以及独特的理解，为田野调查打好了基础。三是鲁中南鼓吹乐在几百年的发展过程中，不断吸收当地的民间特色，结合当地的文化要求，发展于各种民间活动之中，表演形式以及音乐特点多种多样，随着人们的审美需求的变化而变化，始终保持着明亮、奔放、粗犷，却又不失细腻的风格。

然而这些在土壤中产生的，靠着老一辈艺人不断口传心授、不断发展成长的民俗民间文化却在一点点地消失，在现代文化快速发展的同时，忽略了这些原汁原味的传统文化，无异于将一棵参天大树的树基一点点消磨殆尽。笔者试图通过这篇论文引起大家对传统文化传承与发展等问题的思考。

二、鲁中南鼓吹乐的主要乐器

　　鲁中南鼓吹乐作为山东鼓吹乐四大流派之一，以滕州、峄城区、邹城为流布中心，延伸至济宁东部、枣庄、临沂、泰安和日照的南部地区，因其在地域上邻近鲁西南，艺术风格比较接近，所以一度被统称为鲁西南鼓吹乐。但是在发展中，鲁中南鼓吹乐形成了自己的特色，创建了"平派"，意为"平如行云流水，稳似泰山青松"，指这一流派艺术风格平和柔美，如歌如诉，温柔细腻。

　　鲁中南鼓吹乐的主奏乐器为唢呐，主要由芯子、杆、碗三部分构成，木制的锥形管上开八孔（前七后一），管的上端装有细铜管，铜管上端套有双簧的苇哨，木管上端有一铜质的碗状扩音器。根据唢呐材质、形制大小的不同又可分为铜笛、大笛等，其中铜笛（铜杆唢呐）是这一流派的特有乐器，是鲁中南鼓吹乐艺术特色形成的关键因素，其他鼓吹乐乐器还有笙、管子、笛子以及云锣、小镲、汪锣、梆子、铜鼓等。由于时代发展的需要，鼓吹乐班在演奏时除了增加电子琴、长号、小号、木管、葫芦丝等乐器还逐步添加了音响设备，用来增强乐曲的效果，代表曲目有《集贤宾》《庆贺令》《五六五》《十样景》《一江风》《开门》《喜新婚》《四合四》《采茶歌》《放河灯》等。

三、崔家班传承简介

滕州的崔家班，形成并发展于滕州市的羊庄镇，以其独特的吹奏特色和风格，在滕州、枣庄境和苏北地区颇有名气。

据崔家班的班主崔怀义讲，他的曾祖父崔荣增，曾师承于当地的一位曹姓师父。崔荣增出师后，又将此技艺传授给其子崔宝振，崔宝振又传授给了崔怀义的父亲崔兴海。崔兴海又传授给了现今的传人崔怀义。

　　崔家班一直以主要传承人崔怀义为主，目前收徒十多名，自崔怀义老先生逝世之后，由崔鹏以及崔长伟接手。

　　下图描述了崔家班的传承，图中只体现目前依然从事唢呐演奏的传承人。

崔荣增

↓

崔宝振

↓

崔兴海

↓

崔怀义　崔鹏（崔怀义表弟）

↓

崔长勇　崔长伟（崔长勇表哥）

崔家班传承

四、崔家班的丧礼仪式活动之田野调查

2016 年 7 月 24 号，笔者来到山东省枣庄市滕州羊庄镇，崔家班的所在地。

下午 5 点左右，崔鹏先生与笔者交谈之后，向笔者展示了崔家班应邀出席第六届中国民族音乐节以及在各大音乐学院演出的照片与获奖证书。笔者不禁感叹，挖掘和保护民间传统音乐的工作一直被有识之士积极推动着并获得了丰硕的成果。不仅如此，崔鹏先生还为我们讲述了当地鼓吹乐发展的历史和现在的情况。通过深入的了解，笔者领略了崔家班丰富的演出经历以及鼓吹乐艺术深厚的文化底蕴。

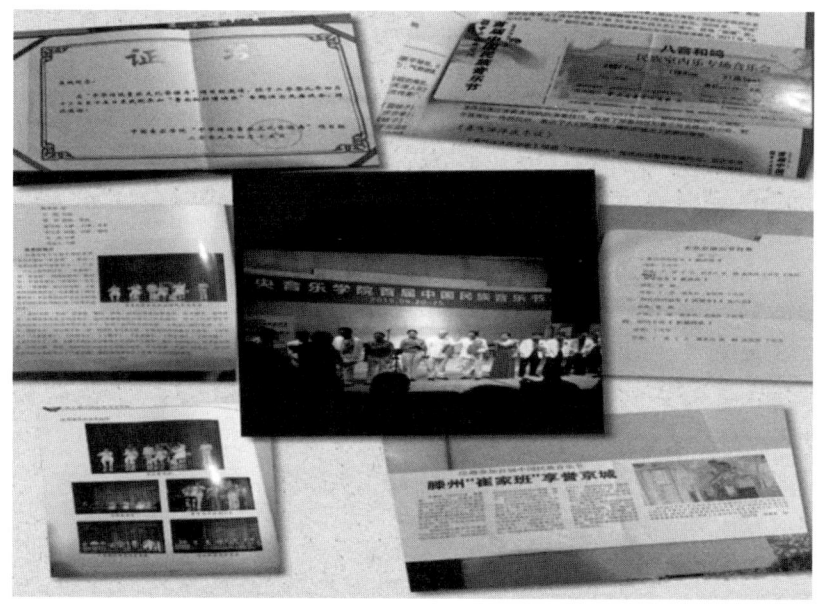

崔家班的获奖证书、剧照、节目单及相关媒体的报道资料

日期	进程	内容
第一天	项目一	准备程序，吹大笛曲《大开门》等哀乐，一般吹奏一上午
	项目二	行"开门礼"，吹奏大笛曲《哭调五六五》
	项目三	进行"泼汤""烧轿""送魂"仪式。吹奏铜杆唢呐曲《集贤宾》
	项目四	晚上吃晚席。饭后吹奏铜杆唢呐曲《庆贺令》。进行"闹棚"仪式，奏《孟姜女哭长城》等，宾客随礼金可点歌
第二天	项目一	早上进行"入账""行大礼"仪式，吹奏大笛曲《将军令》
	项目二	来宾行礼，奏悲伤的曲目，如铜管唢呐曲《集贤宾》《五六五》
	项目三	中午进行"起灵"仪式，奏大笛曲目《一枝花》
	项目四	进行"路奠"仪式，吹奏铜杆唢呐曲《十样景》《采茶歌》等，放礼炮，全程共放三次，一次两响。由男直系亲属，手拿木棍，从家绕村子一周
	项目五	进行"上林"仪式，吹奏大笛曲《全家福》，步行从家走到墓地下葬，配合礼炮。绕村子一周回家（俗称"不走回头路"），仪式结束

根据崔鹏先生口述整理的丧礼仪式流程

　　根据崔鹏先生讲述，笔者整理了丧礼仪式的流程。之后，笔者进一步了解崔家班在表演中常用的几种乐器。

崔家班演奏使用的乐器

　　值得一提的是，已年过八旬的崔鹏先生的母亲，也曾是鼓吹乐班的演奏者，老奶奶为笔者讲述了早年间崔家班原生态鼓吹乐演奏的经历，还介绍了饱经风霜的两件乐器——铜锣和唢呐。这两件乐器都已有上百年的历史，为了保护乐器的音色及其完整性，

如今只有在特别正式的大型鼓吹乐演出中才会拿出来使用，它们
见证了崔家班鼓吹乐的发展历程，具有不可磨灭、不可替代的时
代意义。怀着无比的期待，崔鹏先生为笔者展示了铜锣的音色，
当崔先生敲下去的那一刻，干净、厚重的声音传入笔者耳中，像
山中清幽的寺院禅房飘来的钟声，空灵、沉稳甚至震撼。

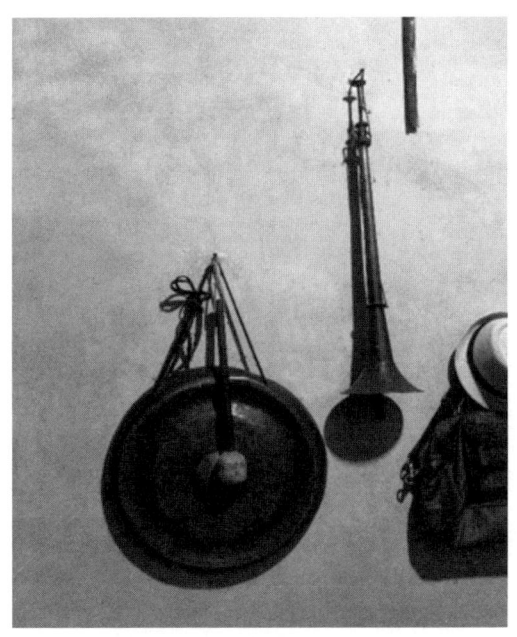

具有上百年历史的乐器——铜锣和唢呐

　　此次田野调查，笔者跟随崔家班对三天后的一场丧礼进行了记录。

　　2016 年 7 月 27 日早上 5 点，崔家班的成员早已到目的地集合，乐器也已安置好。桌子上面放着几包茶叶、几盒烟、两管笙、一支铜管唢呐、一个云锣、一支大笛，旁边还有一支话筒、两个大音箱和一架电子琴。这就是此次丧礼所需要的乐队编制。受到流

演奏时间	曲目名称	乐队编制
6：30	《大开门》	一支大笛、一个云锣、两管笙、一个钹
7：30	《十样景》	一支唢呐、一个云锣、两管笙、一个钹
8：30	《五六五》	一支唢呐、三管笙、一个钹
9：30	《五六五》	一支唢呐、两管笙、一个钹
10：30	《六字开门》	一支唢呐、一个云锣、三管笙、一个钹
11：30	《天下同》	一支大笛、一个小镲、两管笙、一个云锣、一个钹
中途一般有休息，时间无规定		

鼓吹乐的演奏时间、曲目以及乐队编制

行音乐的影响，在演奏时，为了迎合民众的审美需求，鼓吹乐班增加了电子琴等乐器和音响设备。6点30分，仪式进入准备工作。

丧礼的第一天上午是乐队演奏时间，下午2点丧礼正式开始。

午饭过后，由崔家班鼓吹乐队继续吹奏到下午2点整。之后正式开始丧事仪式，由一支大笛、一个小镲、两管笙、一个云锣、一个钵演奏大笛曲《天下同》。行开门礼仪式正式开始，由丧礼

演奏中的崔家班

司仪张罗接待客人与收钱、摆放花圈等。迎接客人时，鼓吹乐队要不间断地吹奏各种哀乐，如《集贤宾》《五六五》《天下同》等曲目。

下午五点半左右，"主家"要给去世之人进行"烧轿""泼汤""送魂"仪式。等太阳快要落山时，就是时辰已到，由乐队开道，铜锣在最前边。所有的亲戚都穿着孝服鱼贯而出。最前边是乐队，之后是丧葬用品。直系男性亲属需要三步一叩首，九步一磕头从家里走到指定地点，后边则跟着直系女性亲属，最后是一位放礼炮的老人，全程一共放三次，一次三响。到达指定地点后，亲属集体跪拜，乐队奏唢呐曲目《五六五》。进行完仪式，所有人员从另一条路返回家里。

晚上七点半左右，进行"闹棚"仪式。此项仪式是祭奠、怀念先人，主要依靠鼓吹乐班不停吹奏、唱戏、打鼓来活跃气氛，使家里热闹起来，因此称为"闹棚"。仪式中，乐班需要吹奏铜杆唢呐曲《庆贺令》《孟姜女哭长城》以及咔戏，客人可有偿点歌或点戏。其中精彩的咔戏，让我们亲身体会到了"高手在民间"。

咔戏这一民间艺术是通过乐器演奏（一般是唢呐与大笛）来模拟人声歌唱及动物鸣叫，崔家班的崔鹏先生，一手握住唢呐杆吹奏，一手拿着唢呐的碗，放在唢呐杆的杆口处，来回晃动，伴随着每一次晃动，都会改变声音的高低。此次崔鹏先生的咔戏主要是模仿京剧唱腔，非常逼真，令人惊叹。晚上九点半左右，"闹棚"仪式结束。

7月28日上午，丧礼要进行"入账""行大礼"仪式。伴随音乐，客人依次向逝者行礼，主家磕头答谢。此时，鼓吹乐班奏铜管唢呐曲《集贤宾》《五六五》等。行礼结束之后，则是等待下午的"出殡"仪式。"出殡"仪式由乐班引领，吹奏大笛曲目《一枝花》。

"路奠"仪式在整场丧礼的尾声，是最隆重的仪式，在巷子口的街上，所有人当街祭拜，送逝者最后一程，鼓吹乐队吹奏铜杆唢呐曲《十样景》《集贤宾》等，礼炮一共放三次，一次两响。亲属磕头跪拜逝者灵位之后，孝子手拿丧棒，由家门绕村子一周，再回到家里，等待遗体火化。

鼓吹乐队引领，进行丧事的最后一个仪式"上林"，也就是下葬，骨灰入土。这时鼓吹乐队吹奏大笛曲目《全家福》，亲属步行从家走到墓地，其间礼炮放两次，一次三响。下午六点半左右整个丧礼仪式结束。我们对全过程进行了录像。

五、崔家班的婚典流程及常用曲目之田野调查

2016年11月21号上午10点，笔者和崔长勇老师如约在枣庄学院音乐学院会面。表明来意之后，崔老师很热情地为笔者一一讲解。

通过崔长勇老师的描述，我们了解到，一般鼓吹乐班需要两天时间完成婚典的所有仪式。第一天，鼓吹乐班将跟随婚典仪式的步骤，完成众多曲目的演奏，曲目是比较随意的、喜庆的，如《牵手》《粉红色的回忆》《美丽新时代》等。第二天，婚典进行迎"接新娘""拜天地""入洞房"等仪式活动，每项活动都少不了唢呐演奏，伴随着喜庆的音乐，每位来宾的脸

上都挂满了笑容。由于没有亲自跟随乐班参与当地的婚典仪式，婚典的过程只能记录崔长勇老师的口述，加上之前与崔鹏先生关于这一方面知识的交流，婚典仪式的现场和仪式项目、内容也就很容易想象了。

日期	进程	内容
第一天	项目一	进行"上喜坟"仪式，曲目随意
	项目二	家族磕头（俗称"拜门子"），奏喜庆曲目，如《喜新婚》
	项目三	进行各种表演，吹奏《百鸟朝凤》等，来宾上份子钱点歌
第二天	项目一	进行"接新娘"仪式，吹《拍花轿》，进门给改口钱、见面礼
	项目二	进行"拜天地"仪式，吹奏黄梅戏选段《夫妻双双把家还》
	项目三	宾客"闹洞房"，吹奏《闹新房》
	项目四	新人给长辈磕头，领红包
	项目五	宾客入席，喝喜酒，吹奏喜庆歌曲，如《喜新婚》《小开门》等，新人敬酒，宾客随礼金可点歌
	项目六	新人入洞房，仪式结束

根据崔鹏先生口述整理的婚典仪式流程

六、对此次田野调查的分类总结

（一）崔家班使用的传统乐器

唢呐为鼓吹乐的主奏乐器，根据形制不同可以分为木杆唢呐、铜杆唢呐两种形制。其中铜杆唢呐最为常用，是当地"平派"风格的主奏特色乐器。崔家班所用唢呐多为 E 调或 F 调，音色高亢嘹亮，穿透力极强。

（二）崔家班的组合形式

崔家班的组合形式，没有严格的规定，较为灵活，人数根据演奏曲目和演奏场合的需要适当增减，少则三四人，多达十几人，一般的乐队为六至八人。乐队的演奏形式以齐奏、独奏为主，合奏、重奏为次。

（三）唢呐音乐的曲目及曲调素材来源

从崔家班演奏的传统曲目的音乐素材来看，既有明清以来的传统古曲、宗教乐曲，又有近现代的戏曲、民歌，还有一些器乐化的民间小调等，主要可分为三种：

第一，改编自明清时期流传下来的古老曲牌的曲目。代表作品有《将军令》《朝天子》《摆宴曲》《一枝花》等。

第二，戏曲曲牌音乐。唢呐音乐对戏曲音乐的吸收有两种方式，一是直接移植戏曲声乐或器乐曲牌，二是将其富有特色的曲调吸收过来，改编成新曲。《集贤宾》《一江风》《天下同》《柳金子》《五六五》等都是戏曲的曲牌。

第三，民歌、小调改编成的唢呐曲。这类乐曲基本上保持原旋律的面貌，特点是曲目短小，曲调亲切感人，朗朗上口，备受观众青睐。如《凤阳歌》《采茶歌》《十样景》《孟姜女哭长城》等。

（四）崔家班唢呐的演奏技法

崔鹏先生演奏唢呐技法相当丰富，有手指的运用技法，也有舌、齿、气息等技巧的技法。

（五）崔家班唢呐音乐的表现手法

我国传统音乐的艺术表现手法多样，崔怀义先生常用的音乐表现手法有变、集、解。

（六）调式和调性

山东鼓吹乐中关于"调门"的称谓，总体上，有两大称谓体系。一类是以工尺谱音阶命名的调名，称作工尺调系统。另一类是以越平调命名的调名，称作越平调系统。常用的有越调、平调、下调、二八调、起调。

结　语

鲁中南鼓吹乐具有悠久的历史，鼓吹乐艺术与劳动人民的生活息息相关，已成为广大农村不可缺少的风俗性活动。

随着时代的发展，人们的审美标准在改变，或许对于老一辈人来说，不但喜欢鼓吹乐，还欣赏京剧、戏曲等艺术，但是年轻人则变得不同。

现今，欣赏鼓吹乐的人越来越少，演奏鼓吹乐的人也逐渐减少，鼓吹乐在民间的使用频率和传统乐曲演奏的丰富程度在日趋下降，所以对鼓吹乐的保护刻不容缓。笔者希望以自己的绵薄之力对鲁中南鼓吹乐的传承和保护起到积极的作用。

参考文献

[1] 崔长勇 . "平派" 铜杆唢呐调性转变的时代境遇 [J]. 中国音乐，2010(3):43-46.

[2] 崔长勇 . 枣庄地区民间唢呐艺术研究 [D]. 山东师范大学，2011.

[3] 曹敏，关于鲁西南鼓吹乐的调查研究 [J]. 北方音乐，2014(10):15.

[4] 李小雨 . 平派鼓吹艺术研究 [D]. 天津音乐学院，2010.

[5] 刘勇 . 中国北方的唢呐乐队 [J]. 中央音乐学院学报 2000(3):45-48.

[6] 牛玉新，李广福 . 鲁西南鼓吹乐与民间风俗 [A]. 乔建中，薛艺兵 . 民间鼓吹乐研究——首届中国民间鼓吹乐学术研讨会论文集 [C]. 济南：山东友谊出版社，1999.

[7]乔建中.和而不同 多样统一——四种北方鼓吹乐的比较分析[J].音乐研究，1994(3):67-72+50.

[8]荣蕙荞.鲁西南鼓吹乐曲牌〔开门〕及其调名溯源[J].中央音乐学院学报，2010(2):81-90.

[9]王东涛.以两乐班为例对鲁中南鼓吹乐的本体分析[J].齐鲁艺苑，2012(4):28-31.

[10]王东涛.文化人类学视野中的鲁中南鼓乐班[J].中国音乐学，2006（3）：23－28.

[11]王新民.鲁南鼓吹乐的"铜杆唢呐"[J].枣庄学院学报，2009，26(6):113-114.

[12]袁静芳.中国传统音乐概论[M].上海：上海音乐出版社，2000.

多维视域下的"平派"唢呐

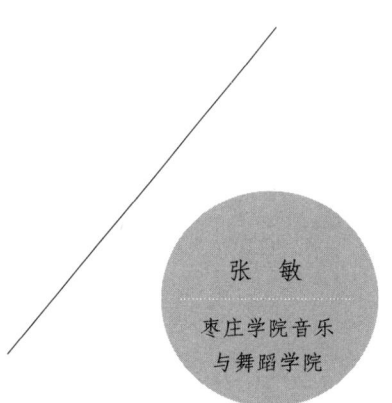

张 敏

枣庄学院音乐
与舞蹈学院

张敏，女，枣庄学院音乐与舞蹈学院副教授

摘　要

本文以多维的视角，在对"平派"唢呐的流布区域、艺术特征以及生存状态做辨析、思考的同时，对"平派"唢呐表演这一行为艺术进行美学解读。"平派"唢呐艺术所具有的美学价值不只体现在纯粹的艺术形式、艺术技法方面，还体现在艺术作为一种人类行为的意义之中。如果脱离这层意义而孤立地审视平派唢呐的存在价值和艺术价值，是不全面的。

关键词

小铜杆；平调；柳子戏；艺术行为

唢呐是一个世界性的乐器，遍及亚非欧几十个国家和地区。唢呐也是我国传统民族乐器，自汉代以来，无论是作为雅乐为宫廷、军队服务，还是作为俗乐流落民间，都承载着其独特的社会功能和艺术特质。

"一般来讲，某个艺术流派的形成和被人们认可，即要有明确的艺术主张，还要有具体的创作实践、艺术成果和成就显著的代表人物。"[①] 鲁西南唢呐曾经在全国产生重要影响。20 世纪50 年代，国内兴起民间音乐舞蹈会演，涌现出不少唢呐名家。以任同祥先生、袁子文先生、牛云海先生为代表的唢呐大家纷纷从民间走向全国的各大院校和演出团体。在这种时代背景下，鲁西南鼓吹引起了全国的关注，文艺工作者亦把在鲁西南地域内的唢呐称为鲁西南唢呐。

山东的鲁西南地区包括菏泽、济宁、枣庄等地。但俗话说"五里不同俗，十里改规矩"，因社会文化背景、地理环境、风土人情、语言音调等诸多因素影响，同地域内的一种艺术形式也会呈现出

---

① 田川流、刘家亮：《艺术学导论》，齐鲁书社，2004 年，第 303 页。

差异。20世纪90年代，因编撰《中国民族民间器乐曲集成·山东卷》的需要，在对山东省民间器乐更为细致的调查中发现，济宁邹城、微山和枣庄薛城、滕州一带的鼓吹，虽与过去所记录的鲁西南唢呐有不少相似之处，但有其独特的文化特质和艺术特征，并且，当地唢呐艺人也自称"平派"。经过重新论证，专家学者把流布于这一区域的唢呐重新定义为"鲁中南唢呐"或"平派"唢呐。"文化具有空间差异，这种空间差异性是在长期历史发展中形成的。任何文化只要能够在一个地区存在和发展，都有其自身存在的必然性、合理性和价值。"①

目前，针对"平派"唢呐的研究并不多。通过对"平派"唢呐、铜杆唢呐、"平派"鼓吹等关键词的检索，能查阅到与此相关的文献大概有十几篇，包括晓红发表在《音乐创作》上的《简析邹城市"平派"鼓吹乐的艺术特征》（2018年11月），山东师范大学崔长勇的硕士论文《枣庄地区民间唢呐艺术研究》（2011年4月），孙云的硕士论文《礼非乐不行 乐非礼不举——从孙家班

---

① 周尚意、孔翔、朱竑：《文化地理学》，高等教育出版社，2004年，第207页。

探鼓吹乐与民间婚丧礼俗的关系》（2006 年 4 月），天津音乐学院李小雨的硕士论文《平派鼓吹艺术研究》（2009 年 12 月），等。其中，有对平派唢呐的演奏技法、乐队组织形式等艺术特征的精湛描述，有从民俗的视角对平派唢呐与婚典和丧礼所做的经典个案调查，还有对平派唢呐传承班社现状的细致记录与描摹，等等。这些研究文献内容丰富，有较高的学术价值，也给笔者很多启迪。

一、"平派"唢呐流布区域

以行政区域划分某一艺种流派的方法是学术界的基本范式，而"平派"唢呐却以"平"字命名，是山东省内唯一以非地域特征命名的唢呐派别。从目前搜集到的研究资料看，有邹城"平派"薛城"平派"等，加以详实行政地名，这应该是"平派"唢呐研究者对传承人的出身和籍贯带有情感倾向性。地方艺术种类分布范围的形成会受到地理环境的促进或限制，行政区域的划分和建制也会对某种地方艺术的传播起决定性的作用。从目前掌握的情况看，平派唢呐的流布区域主要是邹城、微山、薛城、滕州四地。

邹城，南邻滕州、北接曲阜，是儒家文化代表人物孟子的故里，历史文化底蕴深厚。微山，著名的鱼米之乡，位于济宁市南部，东接邹城、滕州、薛城，微山湖贯穿县域西部；薛城，位于枣庄市西部，北与滕州为邻，西与微山毗连；滕州古为"三国五邑之地、文化昌明之邦"，南与薛城交界，西与微山相连，北和邹城市接壤。从山东省地图上可以直观地看出，这四个县市以济宁南四湖为天然屏障与西部陆地隔离开来。"中国大部分地区所处的地理环境，是一种半封闭性的'隔绝机制'，历史上较少发展对外的交往，这当然不利于经济和文化的发展，但这却是独立的古文化得以保存和延续的客观条件。"①

鲁中南地区民风淳朴，深受儒家礼乐文化的浸润与教化，"乐者，天地之和也；礼者，天地之序也"，"礼乐文化"在鲁中南地区的

① 江明惇：《中国民间音乐概论》，上海音乐出版社，2016年，第8页。

传统民俗活动中被较完整地传承下来，平派唢呐表演是该地区礼乐活动的一个很重要的组成部分。

二、"平派"唢呐艺术特征考辨

"平派"唢呐与其他地方的唢呐在形制上最大的区别就是唢呐杆为铜质。虽然其他地区也有铜杆唢呐，例如，甘肃庆阳、湖北咸丰都有铜杆唢呐，但其体形较大，且不作为主奏乐器。而鲁中南的铜杆唢呐形制较小，且作为主奏乐器存在。也有唢呐研究者称这种"平派"唢呐为"小铜杆"。

平派"小铜杆"，音色清脆明亮，富有穿透力，表现力强。演奏时在发音、口型、气息控制等方面与木杆唢呐都不太一样，特别是在音准方面，比木质唢呐更难掌握一些。据"小铜杆"传承人刘宝斌介绍："冬天温度低时，我得先用气给唢呐预热，这样音高才准；夏天温度高时，唢呐的温度也高，音准也不好掌握，必须灵活调整芯子和铜碗才行。"①

　　那么，"平派"唢呐的"平"字从何而来？这应与传承于柳子戏传统曲牌所用的各宫调系统命名的"四大调"有关。

　　基本乐理教程中关于"调"的内容一般会涉及"调性"的两个含义：调与调式。在日常学习中，阐述一首作品是"×调"，如C调、D调、A调等，其实际意义是说明了某首作品的"调高"。通俗地讲，仅表明了一首作品中"1"（首调唱名法为do）的位置。阐述一首作品是"大调"（大调式）或"小调"（小调式），实际上是指一首作品的调式特征。调与调式不是孤立存在的，它们结合在一起所具有的特性就是调性，在音乐实践中，只有关注角度有侧重时才会将它们分开表述。例如乐曲《吐鲁番的葡萄熟了》，F调，1的位置为F，主音音高为D，调式类别为小调式，调性为d小调。

　　而唢呐艺术中的调名，主要表明的是演奏指法变化，没有调高的意义。"艺人通常以'筒音作×'来指称某种指法，而不强调宫音所在的孔位，这一点是很值得注意的。宫音在音乐中固然

① 刘运国：《济宁记忆》，中国社会出版社，2011年，第82页。

是重要的，但艺人首先要考虑的不是宫音，而是如何合理地使用唢呐上的这 8 个孔。在乐器上，筒音是最低的，自然是用来演奏乐曲中的最低音，而乐曲中的最低音又是各种各样的。"① "平派"唢呐艺术常用的调名有两个体系，一是工尺谱体系，有尺字调、六字调、上字调、凡字调、五字调；二是地方戏曲体系，有越调（筒音作 sol）、平调（筒音作 re）、二八调（筒音作 la）、下调（筒音作 mi）。

"平派"唢呐艺人入门的平调的筒音为 re，演奏时把位相对容易上手，宫音位置在唢呐第 6 孔。

很多中国传统民族乐器，都曾经为戏曲唱腔服务，处于从属的地位，很少有自己的独奏曲目，乐曲的旋律在音高上基本都符合声带的音域范围，一般为两个八度左右。"鲁西南鼓吹主要特色乐器为 E 调唢呐，与当地盛行的高调梆子为同调，声音明亮清脆，具有浓郁的鲁西南特色。"② 袁静芳教授在《民族乐器》中曾指出，唢

---

① 刘勇：《中国唢呐艺术研究》，上海音乐学院出版社，2006 年，第 160 页。
② 魏占河：《山东鼓吹乐的流派及其划分》，中国音乐学，2018 年第 1 期。

呐曲牌大多来源于戏曲曲牌。"平派"唢呐传承区域是柳子戏的主要流布区域，刘勇教授在《中国唢呐艺术研究》中，对山东唢呐曲牌来源于柳子戏曲牌也做了阐述。

柳子戏传统唱腔曲牌，按其不同的宫音系统，通常分为"四大调"，即越调、平调、二八调、下调。"柳子戏中的平调属G宫系统，主奏乐器笛子演奏筒音为 re，由于宫音提高了四度（同越调相比较，笔者注），所以曲调刚劲挺拔，高亢奔放……擅长

1. 越调开板（筒音作 sol,D 宫系统）

2. 平调开板（筒音作 re,G 宫系统）

3. 二八调开板（筒音作 la,C 宫系统）

4. 下调开板（筒音作 mi,F 宫系统）

柳子戏曲牌按笛子演奏指法命名的"四大调"开板谱例

表现激昂愤慨的情绪，也有一部分平调曲牌擅长抒情和叙事。"①

　　"平派"唢呐完全沿用了柳子戏主奏乐器笛子"筒音作 ×"
的演奏指法命名方法。

笛子（四大调）				"平派"唢呐（越平调）			
越调	筒音作 sol	D 宫系统	1=2	越调	筒音作 SOL	D 宫系统	1=2
平调	筒音作 re	G 宫系统	1=5	平调	筒音作 RE	G 宫系统	1=5
二八调	筒音作 la	C 宫系统	1=1	二八调	筒音作 LA	C 宫系统	1=1
下调	筒音作 mi	F 宫系统	1=4	下调	筒音作 MI	F 宫系统	1=4

柳子戏曲牌按笛子演奏指法命名的"四大调"与"平派"唢呐越平调的比较表

　　柳子戏中唱腔曲牌的"四大调"和"平派"唢呐越平调的演
奏指法称谓完全统一。这是平派唢呐以"平"字命名的主要原因。

　　清初民间就有"东柳、西梆、南昆、北弋"之说，柳子戏，
是流行于鲁、豫、皖、苏、冀以及周边地区的传统戏剧，是中国
戏曲四大古老剧种之一。柳子戏在清代中叶盛极一时，清代《日
下看花记》有载："有明肇始，昆腔洋洋盈耳，而弋阳、梆子、琴、
柳各腔，南北繁会，笙磐同音，歌咏升平，伶工荟萃，莫盛于京华。"

---

① 　高鼎铸：《柳子戏音乐研究》，山东文艺出版社，1995年，第22页。

柳子戏兼有北曲豪放粗犷的风格和南戏委婉细腻的特征，深受当地百姓的喜爱，记录在案的就有 200 多个传统剧目、600 多个音乐唱腔曲牌。作为地方剧种柳子戏虽然式微，但《锁南枝》《召军令》《到春来》《云里翻》等大部分柳子戏曲牌，却被"平派"唢呐艺术传承下来。例如《锁南枝》，在"平派"唢呐艺术活动中多用于丧礼仪式，以体现凄楚哀怨之情。

音乐具有非语义性特征，但"平派"唢呐在艺术活动中所吹奏的戏曲曲牌，通过对各种唱腔的模拟，把抽象的音乐具象化，使得受众对所听到的音乐有了"具体"的音乐内容，这也是唢呐吹奏戏曲唱腔曲牌广受欢迎的原因。"平派"唢呐在艺术活动中的表演，使得柳子戏传统曲牌得以活态的保存。

三、"平派"唢呐生存状态及隐忧

唢呐艺术和其他传统民间艺术一样，旧时的传承、发展与创新是一种自发的要求，要受各种客观条件的制约，过程相对比较缓慢、曲折。

由于当时的统治阶级对社会各阶层"三教九流"的划分，唢呐艺人社会地位十分低下，民间曾有"戏子王八吹鼓手"之说。唢呐艺人除了在婚典和丧礼上进行唢呐吹奏表演获得微薄的报酬外，一般还要再做点其他营生才能维持生计。因为日常业务的需要，唢呐艺人与开棺材铺、扎花圈的生意人联系比较密切。由于人们从心理上对死亡的逃避与恐惧和当时一些迷信的想法，在婚姻关系上，普通人家受世俗观念的影响不愿意和唢呐艺人的子女通婚，唢呐艺人大多是与同行或相关行业的生意人结为亲家。由于"生活所迫"，个别唢呐艺人的素质修养相对较低，"上事儿"时会有"吃、喝、拿、要"等令人厌恶的"小习惯"，这样就加深了普通民众对唢呐艺人的偏见。虽然如此，因为操此业带来的丰厚收入可以让自己和家人"吃上饭"，经济上相对宽裕一些，为了生计，"世家"一般也不会放弃这一门"要饭"的手艺。

中华人民共和国成立后，民间艺人的社会地位得到了提高，生活水平随之改善，人格也受到了前所未有的尊重。"中国当代音乐的发展必然要受中国当代政治、经济、文化等诸因素发展的制约和影响，因此，它的发展和中国当代的政治、经济、文化发展几乎是同步的。"①在国家重视和保护非物质文化遗产的社会背景下，"平派"唢呐作为乡野艺术，在2008年经国务院批准列入第一批国家级非物质文化遗产扩展项目名录。

当前，在鲁中南地区，唢呐艺术是和农村传统民俗紧密联系在一起的。从表面上看，当地民众的民俗表演需求会一直延续下去，"平派"唢呐艺术的民间土壤就不会消失，唢呐艺术就有存在的价值。但是，随着时代的发展，生存环境的改变，大众的精神需求和审美观点也发生了变化，这些都对"平派"唢呐艺术的生存带来了影响。

唢呐艺术虽然有传统民俗的需求，但是随着城市建设的加快，原居住环境渐渐消失。楼房设施不断完善，传统民俗活动的场地便没有了。即使在楼群里有表演场地，但因声音太大而使唢呐表

---

① 陈秉义：《中国音乐通史概述》，西南大学出版社，2013年，第275页。

演处于尴尬的境地。再加上符合城市文明的礼仪公司的各种服务以及城市殡葬设施和制度的相对完善，唢呐艺术正逐渐失去其赖以生存的土壤。

其实，许多进入非物质文化遗产名录的艺术形式，因为其生存土壤的丧失，为民众留下的恐怕只剩下回忆了。这种民间技艺的消失，不仅代表着时代的转变和社会的发展，同时也深刻地折射出本土传统文化保护的必须性和紧迫性。

四、"平派"唢呐艺术美学解读

"平派"唢呐艺术的美学意义体现在其作为一种艺术行为的价值上，从"平派"唢呐艺术的存在状态来看，它并没有脱离人的现实需求，而是与老百姓的生活和唢呐表演者的生存需求紧密地结合在一起。

美国学者埃伦·迪萨纳亚克主张从生物学的角度去解读艺术

行为，她认为艺术和人们所做的其他事情一样正常、自然和必需，艺术是一种行为，就像食物分享一样是一种自然行为或者自然需求。艺术是人类做的某种事情，因为它帮助人们生存，而且比没有它生存得更好。也就是说，一种艺术行为具有"选择"或"生存"价值：它是一种生物性的必需品。

　　"每个人类社会都会被发现拥有传统的信仰，不是通过书本就是通过口头传统和仪式活动来向其成员编码和表达永恒的价值。"① 山东是孔孟文化的发源地，两千多年来，人们深受儒家文化的影响，"孝"的思想已经浸入每个人的骨子里，对老人尽孝，对去世的人进行厚葬是齐鲁大地的传统民习。邀请唢呐乐班参与丧礼仪式，是鲁中南地区为孝子定制的行为规范，目的就在于以行为强化亲情。"平派"唢呐的生命力是与当地风俗习惯和生命经验脱离不开的。"平派"唢呐艺术风行于丧葬礼俗，它成为一种重要的人类行为，没有这种艺术形式的参与，将会影响到人的

---

① ［美］埃伦·迪萨纳亚克著，卢晓辉译：《审美的人》，商务印书馆，2005年，第23页。

生存。这种影响不仅体现在演奏者的表演收入上，还体现在丧葬礼俗的当事人身上，如果不请唢呐乐班来参与丧葬礼俗，当事人就会陷入道德质疑与人际困境之中，这就间接地影响到人的生存需求。如果死亡是人类无法逃脱的事实的话，那么"平派"唢呐的存在意义则体现在它为满足生者对亡者祭奠的需求。

"平派"唢呐对于当地人的意义就像学校教育相对于现代社会一样，它已经演变成一种非此不可的人类行为。这种行为与人的生存意义有着千丝万缕的关系，这种关系是非此类语境中的人无法感受的。"平派"唢呐的行为功能虽然倾向于单一化，无法脱离丧礼而更多地融入其他社会行为之中，但是也恰恰证明了"平派"唢呐乐班在丧礼民俗中的重要性。

"凡用乐，必与不同类型的礼制或礼俗仪式密切相关，成为仪式的有机组成部分，显示出独特与必需。"[①] 作为丧礼仪式有机组成部分的唢呐音乐，庄严肃穆，这种礼乐的运用，体现了中

---

① 向阳：《中华礼乐文明、礼仪之邦的历史与现代意义》，《中国音乐》，2013年第1期。

华民族对天地自然和祖先的尊重。当然，"平派"唢呐乐班的艺人也可以凭借表演所得到的酬劳，满足自身的生存需要。"平派"唢呐之所以在鲁中南地区有着巨大的市场潜力，与"平派"唢呐成为一种人类行为有着非常重要的关系。

"平派"唢呐艺术所具有的美学价值不只体现在纯粹的艺术形式、艺术技法方面，还体现在艺术作为一种人类行为的意义之中。如果脱离这层意义而孤立地审视"平派"唢呐的存在价值和艺术价值，是不全面的。

结　语

"平派"唢呐这门艺术形式，就其审美功能和社会功能而言不是孤立存在的，它的出现通常是和其他的艺术形式结合在一起并在民俗活动中发挥作用的。传统上，唢呐艺术在各种民俗仪式活动中所用到的曲牌是不同的，不同的曲牌所使用的技巧也是不同的，它们各自有着一套固定的程式。这些唢呐艺术的曲牌和技法如果离开了其赖以生存的社会环境与民俗语境是很难独立存在的。虽然保存传统的民俗氛围与土壤，是避免传统唢呐艺术丧失的最有效的办法，但随着历史的发展与社会的进步，如何让"平派"唢呐艺术适应将来的文化空间是摆在研究者和传承人面前的一个重要问题。变则通，通则久，有很多民间艺术形式就是通过政府引导创新，避免社会功能单一化而摆脱了困境。当然，这种做法可能需要众人长时间的努力，这是一个漫长的过程。

琴筝清曲的衍生及发展在教学实践中的运用——以泉韵女子弹拨乐团为例

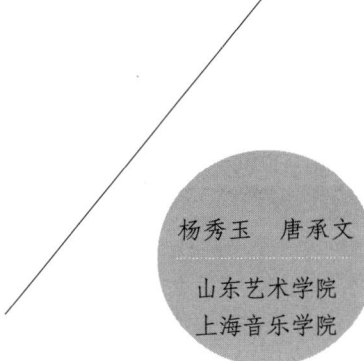

杨秀玉　唐承文

山东艺术学院
上海音乐学院

杨秀玉，女，山东艺术学院教授
唐承文，女，上海音乐学院硕士研究生

摘　要

本文从"琴筝清曲"的历史演变、艺术特征等方面入手，论证了山东艺术学院女子弹拨乐团对这一地方乐种进行创新性发展并运用于教学实践，从而促进了弹拨乐教学水平的提高。

关键词

琴筝清曲；衍生；泉韵女子弹拨乐团；教学实践

　　"琴筝清曲"是流行于菏泽地区的一种艺术形式，又由它衍生出了山东琴书、山东古筝乐、菏泽弦索乐三种艺术形式，其历史脉络贯穿文人阶层和乡村社会，影响遍及整个山东的传统器乐、曲艺形式，成为齐鲁音乐文化版图中不可缺少的一部分。

　　"琴筝清曲"的历史可上溯至元明时期，随着俗曲的兴盛，出现的联唱形式便是"小曲子"，到了清代，"小曲子"逐渐成了的文人雅士抚琴、弹筝，弹唱曲牌的风雅形式，便有了更雅致的名称"琴筝清曲"，精通音律的文人对"小曲子"按照当时流行的曲目进行改编，得到了文人阶层的浸润，唱词文雅，曲调清新，成为文人之间的一种自娱方式。"琴筝清曲"流行不久便突破了文人墨客固有的圈子，逐渐开始在大众之间流传开来，由最初的"携访友"，演变为农闲或节日聚会的自娱性"庄稼耍""耍庄稼""玩局"。"琴筝清曲"进入城市后，部分艺人迫于生计将其发展为职业性的演出，由此分出了三种不同的传统音乐形式：以说唱为主器乐为辅的音乐形式——南路山东琴书；弦索乐合奏形式——菏泽弦索乐；从合奏中分离出来的器乐独奏形式——山东筝乐。

在"琴筝清曲"从自娱走向娱人的过程中，演奏和演唱相结合的形式一直延续着，早期的山东琴书、菏泽弦索乐、山东筝乐都是有说有唱的艺术形式，但随着时间的变迁，有的往曲艺说唱发展，有的则往器乐方向发展。

琴筝清曲发展概述

山东琴书缘起于南路山东琴书，从"琴筝清曲"到撂地说书的阶段，山东琴书的雏形就渐渐显现，艺人进入城市书场，由以前的分角色演唱演化成一人多角，音乐结构也由小曲联唱体转变为以〔凤阳歌〕和〔垛子板〕为主的联曲体，演出形式为一人自打扬琴演唱，由琵琶、筝、坠琴、软弓胡等弦索乐器伴奏，随着南路琴书的成长壮大，山东琴书这一曲种在整个山东地区蔓延开来。南路有运腔深沉真切的"茹派"和风格灵巧热烈的"李派"；北路邓九如的"邓派"最具有代表性，淳朴风趣；东路有商业兴、关云霞的"商派"，运腔婉转抒情。此外，新派琴书用普通话山东音演唱，引起很大的反响。山东琴书作为山东本土的曲艺形式，融入了浓厚的历史底蕴和地方风格，展现了山东人朴实无华、爽朗醇厚的性格。从田间走向书馆剧院的过程中，山东琴书唱腔、演唱技巧及发展手法逐渐丰富起来，形成了以地区为标志划分的流派，让我们领略到极具有山东风味的曲艺风采。

菏泽弦索乐在"琴筝清曲"的说唱伴奏中分离出来，最初使用的乐器是古琴、古筝，后加入了琵琶、扬琴、如意勾、软弓胡、雷琴、板胡以及云锣、碰铃等打击乐器。在其发展过程中逐渐形成了极具地方特色的"碰八板"，以古筝为主奏乐器，配合扬琴、琵琶、胡琴，演奏八板体的乐曲。四件乐器组合形式灵活，搭配自由，有时演奏还有即兴发挥，但乐曲结构极为严谨，四件乐器呈现出的不同层次音色，在旋律线上相互碰撞出的音响，看似随意，其实都存在于六十八板结构的框架之中，遵循严格的逻辑关系。四个声部的旋律都可提炼出来作为独奏乐曲，但"碰八板"将这四条旋律融合、交织，声部配置和旋律音色无不透露出和谐且多变的美感。一般情况下，古筝韵味浓郁，不时出现华彩性变奏；扬琴进出从容，默契配合古筝声部；琵琶稳稳当当地奏出骨干音以支持整个音乐织体；软弓京胡加花穿插，忽明忽暗，根据乐意不时变换着分弓、抖弓、连弓的弓法。三种乐器营造出若离若合、纵横交错的音响效果，在听觉上赋予了乐曲更多可能性的音色层次和音调层次，所呈现的音乐形象更加鲜活，成了一个不可分割的整体。

山东筝因富有鲜明地方风格的演奏技法与风格，从弦索乐合奏中分离出来，得到独立的发展形成山东筝乐，这种独奏曲也继承了八板体的乐曲结构，是山东筝所演奏的大板筝曲的主要来源，较为代表性的有"大板第一"中的〔汉宫秋月〕〔隐公自叹〕"大板第二"中〔美女思乡〕〔鸿雁夜啼〕，"大板第三"中的〔鸿雁捎书〕〔莺啭黄鹂〕，"大板第四"中的〔琴韵〕〔流水〕。此外山东筝还演奏小板筝曲，吸收当地民歌、戏曲、说唱的曲牌演奏的筝曲，尤其是对山东琴书器乐和唱腔曲牌的吸收融合，不仅仅发展出独立的古筝曲目，而且影响了山东筝的演奏技法和演奏韵味。山东菏泽这一地区古筝名家辈出，菏泽也因此有"郓鄄琴筝之乡"的美誉，出自这一地区的古筝演奏家张为台、张为昭、樊西雨、赵玉斋、韩庭贵、高自成、季玉玺、赵登山、胡化山等人，在发展山东筝派特有的手指技法的同时，广泛传授技艺并且有些进入专业的音乐院校教授古筝，山东筝的影响开始在全国范围内扩散，音乐风格依托文化底蕴深厚的齐鲁大地，也成就了山东传统筝曲清新淡雅、醇厚古朴气质。

南路琴书、菏泽弦索乐、山东筝乐，三者同出一脉，在音乐特点上也是相互渗透、相互影响的。在旋律音调方面，三者多采用雅乐和燕乐的七声音阶，进行中多四度或四度以上的大跳，这源于乐器随腔伴奏的特点。器乐曲中琴书的唱腔被高度地器乐化，因此呈现出相似的音调特点。在演奏技法方面，菏泽弦索乐、山东筝曲也多是与琴书的演唱有着千丝万缕的联系，左右手指法、技法和弓法的配合相得益彰，将琴书独有的唱腔韵味加以模仿和诠释，创造出极具标识性的音乐语言，将这种音乐语言加以突出强调，形成了富有地方色彩的器乐流派。在曲牌的使用方面，艺人长期为山东琴书伴奏，使得他们所单独演奏琴书的前奏、间奏、伴奏曲牌得到成熟的发展，因此现今的菏泽弦索乐、山东筝乐中的小牌子曲，有许多在山东琴书的伴奏和唱腔中使用，如前奏或间奏的器乐曲牌〔大八板〕〔降香台〕〔五字开门〕等，再比如，被称为老六门主曲的唱腔曲牌〔上河调〕〔凤阳歌〕〔叠断桥〕〔汉口垛〕〔垛子板〕〔梅花落〕。此外，弦索乐和古筝乐中的大牌子曲，多用于"碰八板"的演奏，而不出现于南路琴书的演唱之中。因此，三个曲种的曲牌是息息相关的，曲牌间又相互衍生其他器乐或唱腔曲牌，形成了相互影响但又相对独立的个体。

山东传统音乐艺术的保护与传承

如今，这三种山东本土的艺术形式都已经成为国家级非物质文化遗产项目，引起了当地政府和学校教育的重视。对于传统的音乐艺术，活态传承是最终目的，因此非遗传承人和文化环境的保护极为关键，伴随着非物质文化遗产项目申报的成功，非物质文化遗产项目代表性传承人也被确立下来，得到保护。政府积极响应国家的号召，通过多种形式，支持和搭建艺人合作交流学习的平台，让更多人认识山东琴书、菏泽弦索乐和山东筝乐的魅力所在，如举办第十届中国艺术节，将山东民间的传统音乐传播出去，并给予这些艺术形式高度的肯定与赞扬。此外，除了对艺术形式的推广，对传承人的保护与培养也逐渐开展起来。国家用资金补助的形式确保传承人能够继续进行传承这一举措是必要的，这不仅调动了传承人对传承的积极性，也体现了国家对传承活动的重视。除国家每年给予传承人一万元的资金补助外，一些地方政府对于生活非常困难的传承人，提供定期的资金补助，确保他们有稳定的生活来源，能将精力用到非物质文化遗产传承的工作中去。

学校对于这三种艺术形式的教育也越发重视，学生不仅对它们进行了初步的了解，有些专业的音乐院校和地方院校为更系统化地学习其理论知识，邀请艺人名家进入课堂，教学生演唱和演奏技艺，与学生共同参与音乐表演。早在二十世纪五十年代，各大音乐院校和艺术类院校都开始聘请山东筝派的名家来教授古筝，这使山东风格的演奏技法和音乐风格在专业音乐界获得了广泛的传播及充分的认识和肯定。目前大部分院校的古筝演奏虽然所教授的技法和曲目趋于现代化，但是学校多次邀请山东古筝演奏家开展讲座和大师课，也在一定程度上传播着山东筝华丽流畅、古朴典雅的韵味。菏泽学院聘请民间表演艺术家教授山东琴书，开设山东琴书班，进行系统化的教学，每一学期都会选拔新成员来参与，初级阶段是练习绕口令，这是曲艺演唱和表演的基本功，老师教学生逐字逐句演唱，掌握琴书的演唱特色和唱腔风格，演唱时的动作、神情、语态也力图与民间山东琴书原汁原味的表演相契合。在伴奏乐器的教学方面，学校根据学生擅长的器乐领域来分配乐器，老师根据琴书各乐器的伴奏特点进行指导，进而形成具有山东琴书特色的音乐语汇。现如今，琴书班的编配已经十分完备，琴书班的建立在很大程度上，是将山东传统民间曲艺拉进课堂的初步尝试，使学习音乐的学生对琴书的了解，不只停留于概念化、理论化的书本之中，还有对器乐演奏的感性体验和全面认知。在此期间学校也培养出一些专注于山东琴书表演和研究的学生，对传播和保护非物质文化遗产有积极的意义和极大的社会价值。

　　"琴筝清曲"发展至今，经久不衰，其原因也在于民间艺人高度的文化自觉和自省，他们善于反思自己所从事的艺术表演中的问题，追求大胆的创新和不断的变革，如山东琴书中器乐和唱腔曲牌的相互衍生，演唱中润腔发音的精巧创造；山东筝乐、山东弦索乐演奏技巧的精进变化，乐器编配的丰富灵活。这些形式在适应时代，面向更多观众的同时，也使自身的所蕴含的文化传统得以保存。此外，艺人更多地关注音乐的生存环境的变化所带来的一系列问题，他们自发地成立了民间音乐组织来保护这一曲种。在菏泽，由苏本栋组建的琴筝清曲古乐社，对于保存和发展"琴筝清曲"及其衍生曲种做出了重要贡献。这是一个固定的排练场所，为艺人提供一个良好稳定的排练场地，这亦是一个十分有凝聚力的团队，为了将承载着山东文化的"琴筝清曲"推向更广阔的平台，古乐社成员对于排练、演出、交流都十分积极，他们大都不以其为主要职业，但是古乐社集体性的活动却被他们当作生活中的重中之重，成员中有多个省级乃至国家级的传承人，每年他们赴各大院校交流演出，参加各种文艺会演，取得了极为丰硕的成果和声誉。古乐社的组建不带有盈利目的，纯粹是为了"琴筝清曲"的传承与保护，体现着艺人自发性的文化担当。

"琴筝清曲"在山东现代教学的应用

"琴筝清曲"作为山东弦索乐种的早期形式，影响了山东的传统音乐发展方向和音乐风格，以三种相互影响却又各自独立的曲种、乐种延续下来，宛如一棵大树，地下盘根错节，地上伸向天空，枝叶繁茂，焕发出惊人的生命力与光彩。弹拨乐器作为弦索乐的重要组成部分，也成为传播山东文化的重要载体，在山东高校的音乐教育建设中，成为不可或缺的一部分。"泉韵"女子弹拨乐团是由山东艺术学院民乐系组建一支民族乐团。山东艺术学院充分发挥学科优势，打造山东地域特色音乐教育模式，开展弹拨乐教学实践模式的创新与探索，创建了一支以传统弹拨乐器编制为依托，形制多样，演奏方法多元，力求中西合璧、古今贯通，集古典韵味与当代风格于一体的民族乐团——泉韵女子弹拨乐团。

山东艺术学院发挥艺术院校社会服务和弘扬先进文化的职能，坚持把艺术实践贯穿四年大学教育的始终，将课堂教学与舞台表演相结合，艺术教育与社会实践相结合，积极参与各类社会服务，为学生提供充足的专业技能提升和艺术创新空间，取得了良好的社会反响。泉韵女子弹拨乐团从专业院校音乐教育入手，构建一套完整的弹拨乐教学体系，以弹拨乐教学为立足点，推动民乐学科建设；以传承弘扬山东传统音乐文化为己任；以推动传统音乐教学和学科建设为宗旨，积极探索中国传统音乐学科教学体系与人才培养的方式和方法。乐团在演奏方法和演奏形式上有所突破与创新，创作、演出一批优秀音乐作品，既有对传统民族音乐的继承，又有对现代流行音乐的创新，为传统民族音乐的教学与研究、传承与发展注入新的活力。

乐团的成员均是在学生队伍中经过层层选拔的骨干力量，乐团的乐器编配多样，每件乐器都能形成完整独立的组合，通过技艺水平的不断精进、舞台经验的不断丰富，以及成员之间的默契配合，为泉韵女子弹拨乐团的发展贡献着力量。弹拨乐组各乐器音色独特，富有个性，它们共同交织在一起，形成和谐的音响。处理乐器个性和乐队共性对于一个乐团来说是不小的考验，泉韵女子弹拨乐团在成长中不断地完善表演效果，不断地磨合与调整，努力寻找乐器个性与乐团共性的平衡点。

泉韵女子弹拨乐团发展到今天已经形成了一个十分完备的体系，乐团规模逐渐壮大，乐团水平不断提升，得到了来自各方的广泛关注。弹拨乐专业老师带领学生参加多场文艺演出，多次奔赴各高校和文艺团体进行学习交流，取得了丰硕成果——

2013年8月乐团应邀赴台湾台北音乐厅，举办"齐鲁之声"专场音乐会，并被山东省人民政府授予"山东省优秀对台交流项目"。

2014年、2015年，分别承担山东省委省政府举办的庆祝中华人民共和国成立65周年及66周年国庆招待会演出任务。

2014年10月，应邀赴韩国又松大学、汉阳大学进行学术交流与演出，同年10月受山东省会大剧院之邀，举办"春之舞——弹拨乐团建团周年专场音乐会"，12月参加由中华人民共和国教育部主办的中俄艺术高校联盟"中俄青年友谊之声"音乐会。

2015年10月，赴斯里兰卡科伦坡视觉与表演艺术大学、佩拉德尼亚大学进行学术交流与演出。

2016年3月，参加由山东联合日报社、山东广播电视台、齐鲁网、联合网主办的"2016齐鲁企业创新发展论坛暨齐鲁创新榜公益活动"演出，9月参加由文化部和广西壮族自治区政府共同主办的第11届"红铜鼓"中国—东盟艺术教育成果展演，并斩获优秀演奏奖和网络投票最受欢迎奖，12 月举办"中国弹拨乐之夜——王惠然弹拨乐名曲新作"音乐会。

2017 年 5 月，参加第三届中国民族管弦乐学会琵琶专业委员会全国理事会暨全国高等音乐艺术院校琵琶教学研讨会，并鼎力奉献"讲好中国故事"专场音乐会。

泉韵女子弹拨乐团的演出活动均反响热烈，在国内及国际文化交流方面有着突出的贡献，对山东省民族音乐的发展和进步起着重要的作用。

乐团及乐团成员多次参加器乐大赛，获得了多个奖项，取得了许多优异的成绩——

获省委高校工委、省文化厅、"十艺节"筹委会举办的全省大学生器乐艺术展示活动暨首届山东大学生器乐大赛中民乐重奏组一等奖。

获山东省"齐鲁论坛"展演一等奖。

获第二届"敦煌杯"中国琵琶艺术菁英展演职业重奏组金奖。

获第四届"金芦笙"中国民族器乐大赛弹拨组金奖。

获第二届"全国阮咸艺术展演"职业重奏组金奖、职业青年 B 组金奖。

获第二届国际华乐室内乐作曲比赛一等奖、二等奖。

获第二届"辽源杯"琵琶演奏大赛职业重奏组金奖。

山东艺术学院音乐学院院长李云涛教授为乐团创作的作品《春之舞》获文化部第十八届全国音乐作品（民乐）评奖优秀奖。

山东艺术学院音乐学院副院长何清涛教授为乐团创作的作品《鲁腔》获第七届山东省"泰山文艺奖"

艺术作品二等奖。

　　泉韵女子弹拨乐团成立至今，收获了观众无数的鲜花与掌声，也获得了专业音乐界的广泛肯定与认可。经过几年的努力，乐团已经成为山东省内极具影响力的民族乐团。乐团所演奏的乐曲大部分来自本土作曲家结合山东特色度身定制的新作品，乐团本身是极富山东地方风格和地域特色的弹拨乐团，"泉韵"的出现推动了齐鲁大地上弹拨乐文化的传承与发展，提升了弹拨乐演奏水平，把独具山东魅力的音乐美感传递给每一位观众。

结　语

　　俗话说一方水土养一方人，而这一方人所创造的一方文化，注入了独特的脾气秉性。带着鲜明的地方色彩和深厚的地域文化，"琴筝清曲"承载着山东人的朴实爽朗，在深厚的历史与人文背景的孕育下，焕发出了勃勃生机，民间艺术"口传心授"的传承方式，在时代和社会的变迁中，完成着它的创造和革新，保持着最本真、最本质特点的同时，也被烙上了时代的印记，如今，它在以新的面貌呈递着薪火相传的山东本土音乐文化。

无论是政府的支持和帮助，还是学校教育的引入与重视，又或是艺人的努力与担当，我们都可以看到"琴筝清曲"的可期许的未来，一种更深厚广远的文化，一个更高的平台，一群更专注的艺术家、研究者和观众。山东琴书、菏泽弦索乐、山东筝乐将根茎深深埋于曹风古韵的菏泽地区，将枝叶扩展开来，地域流派、唱奏曲牌、传承发展无一不被囊括其中，散发出山东弦索乐文化和曲艺文化的熠熠光彩。

参考文献

[1]陈霖，刘群.山东丝弦乐——碰八板的探析[J].大舞台，

2013(12):59-60.

[2] 曹晓亮 . 菏泽弦索乐与南路山东琴书的关系及发展现状探讨 [J]. 交响（西安音乐学院学报），2017,36(1):58-63.

[3] 曹晓亮 . 对重视中国传统音乐文化传承与发展的再认识——以山东菏泽弦索乐为例 [J]. 艺海，2017(11):56-59.

[4] 董刚德 . 南路山东琴书调查与研究 [D]. 山西师范大学，2012.

[5] 范薇 . 山东筝乐与南路山东琴书关系考 [D]. 武汉音乐学院，2016.

[6] 季胜男 . 山东筝的历史渊源及其艺术特点 [J]. 交响 . 西安音乐学院学报，2006(2):92-96.

[7] 王卢心 . 论山东筝派在菏泽地区的发展与传承研究 [D]. 哈尔滨师范大学，2015.

[8] 王珣 . 山东筝曲的"八板体"与"碰八板"[J]. 乐府新声（沈阳音乐学院学报），2009(3):88-90.

[9] 魏永杰 . 浅析山东筝与山东琴书的关系 [J]. 江西科技师范学院学报 ，2008(3):109-115.

[10] 王英睿 . "碰八板"研究 [D]. 中国艺术研究院，2000.